CHARACTER FILE

Misfortune † Seven

柯羅

Age 17

「你能不能安靜一秒鐘，就一秒鐘。」

性格

以滑板為交通工具的高中生，某次……壁大學的大學生萊特不……摔了個狗吃屎後還從此……嘴上說最討厭萊特，……替萊特扛著畫具一起去做作業。

C H A R A C T E R F I L E

Misfortune † Seven

萊特·蕭伍德

Age 18

「柯羅，喂，柯羅！
要不要跟葛格出去玩？」

性格

藝術大學的大學生，交友廣闊，喜愛社交的聯誼大王。上課時都會遇到隔壁高中的滑板Boy柯羅，很喜歡騷擾人家。最近似乎很常和高中生柯羅混在一起。

CHARACTER FILE

Misfortune † Seven

樹汀

Age 20

「今天畫室不上課，因為我睡過頭了。」

性格

藝術家，個性相當隨興，喜歡想到什麼就做什麼。開設的畫室裡養了一堆貓，很受歡迎，但常常因為樹汀不想上課而停課。家裡的貓和自己最近的生活起居食衣住行全都依賴丹鹿照顧，正在說服丹鹿畢業後從打工仔變成終身全職。

CHARACTER FILE

Misfortune † Seven

丹鹿·瓦倫汀

Age 19

**「老師今天上課
不要再遲到了，記得喔！」**

性格

藝術大學的大學生，萊特的青梅竹馬，做事一板一眼，最討厭別人遲到。最近在藝術家榭汀開設的畫室打工，替榭汀打理一切生活大小事，時常被畫室學生戲稱為師母。

GOBOOKS
& SITAK
GROUP©

GOBOOKS
& SITAK
GROUP©

三日月書版

三日月書版

輕世代 FW349
10
著 碰碰俺爺
畫 woonak
MISFORTUNE † SEVEN
夜鴉†事典
——苦夜長鳴——
三日月書版

夜鴉事典

Misfortune † Seven

CONTENTS

CHAPTER 1 白鴉樹傳說 9
CHAPTER 2 歸返 35
CHAPTER 3 約會邀請 59
CHAPTER 4 箝制約定 81
CHAPTER 5 窺探 105
CHAPTER 6 祕密 133
CHAPTER 7 袖釦 153
CHAPTER 8 羊皮莊 181
CHAPTER 9 亞森 201
CHAPTER 10 詛咒 227

CHAPTER 1

白鴉樹傳說

金髮男人說了一個床邊故事。

從前從前，有一隻頑皮的黑色烏鴉，牠喜歡帶領著牠的同伴們飛進農夫辛苦栽種的稻田裡偷吃稻米，樂此不疲。

農夫試圖趕走黑色烏鴉，但怎麼做都沒用，他的稻米老是被牠和牠的同伴偷吃光光。

於是某天，農夫向上帝祈禱，祈禱上帝能幫他殺死黑色烏鴉。但上帝是仁慈的，祂非但沒有殺死黑色烏鴉，反而派出了一隻老鷹去勸誡烏鴉。

老鷹在天空盤旋著，不斷勸誡黑色烏鴉不要再偷農夫的稻米。

黑色烏鴉說：那我怎麼填飽肚子？

老鷹說：你可以去捕食羔羊、補食幼貓、補食蜘蛛、補食蠍子、補食蟾蜍、捕食毒蛇。

但黑色烏鴉依然固執地說：那我該怎麼滿足我的胃口。

這時，驕傲固執、認為自己比老鷹更厲害的獅子發現這件事後，自告奮勇成為了上帝的使者。

獅子接近烏鴉、討好烏鴉，假裝成為烏鴉的朋友。

獅子在地上盤旋著，不斷勸說黑色烏鴉不要再偷農夫的食物。

黑色烏鴉說：那我怎麼填飽肚子？

獅子說：也許只吃一點點稻米就好。

但黑色烏鴉依然固執地說：那我該怎麼滿足我的胃口。

獅子不知道答案，牠好奇農夫的稻米是不是真的這麼好吃。於是黑色烏鴉偷來了稻米和獅子分享。

老鷹和獅子說：你不該吃農夫的稻米，那是上帝的稻米。

獅子卻固執地說：不吃吃看怎麼知道烏鴉為什麼喜歡稻米？

牠不顧老鷹的勸誡。

烏鴉吃了稻米，獅子也吃了稻米，牠們大把大把地吃著，直到肚子鼓起，卻不知上帝在農夫的稻米裡參雜了毒種子。

毒種子在獅子和烏鴉的肚子裡長出枝枒、生出樹葉，獅子和烏鴉在痛苦中哀號著，老鷹卻愛莫能助。

農夫和老鷹站在一起看著樹枝衝破獅子和烏鴉的肚皮，看著獅子與烏鴉變成一副空蕩蕩的皮囊，而毒種子生長成了巨樹。

巨樹在農夫的農田裡安然聳立，以獅子和烏鴉的屍骨為養分。

農夫的農田裡從此再也沒有偷吃稻米的烏鴉。

老鷹站在樹下哀悼獅子的死亡，獅子屍骨上的巨樹結成了果，果實裡孕育出一隻白色的小烏鴉。

小白鴉飛下來想偷吃農夫的稻米，老鷹再次勸誡小白鴉不要偷吃農夫的稻米，否則牠將和獅子與烏鴉一樣變成一堆屍骨。

不同於頑皮的黑色烏鴉，被上帝孕育而出的小白鴉聽話又乖巧，這次牠聽從了老鷹的勸戒。

從此，白色的小烏鴉和老鷹一起守在農夫的農田上，以羔羊為食、以幼貓為食、以蜘蛛為食、以蠍子為食、以蟾蜍為食、以毒蛇為食……

「而農田裡的兩棵大樹在日後被世人稱為……」

「白鴉樹。」

金髮男人看了眼身旁躺在被窩裡接話的女孩，他將故事書闔上。「白鴉樹傳說」這個故事女孩已經聽過太多次了，聽到都能一字不漏地背下來。

「或許我們該換個故事了。」男人說，他用手指輕輕撥攏女孩散落在額際的白髮。

女孩盯著男人，她眨了眨眼，連睫毛都是雪白色的。

「不，不用，這個故事很好，能幫助我入睡。」女孩淡淡地說著，瞳膜在昏暗的燈光下呈現一種如同血珀般的色澤。

男人再度撥攏女孩的瀏海，微笑著。

「妳想睡了嗎？」

「是的。」

於是男人俯下身親吻女孩的額頭，他替女孩蓋好棉被，然後起身。

「要替妳留一盞燈嗎？」

「不，沒關係。」

男人點頭，但還是替女孩拉亮了床頭燈。

「如果做惡夢了，我替妳泡好的花茶放在這裡，起來喝一點，妳會更好入睡。」男人指了指放在茶几上的漂亮小茶壺。每晚男人都會泡一壺熱茶給她。

「好的。」女孩乖巧地點頭。

「晚安，圖麗。」

「晚安，勞倫斯。」

他們相互道晚安，圖麗看著勞倫斯離去的背影，他背面那片紅色老鷹的圖騰在刺眼的床頭燈下看起來像燃燒的餘燼。

勞倫斯最後回頭看了圖麗一眼，他溫柔地微笑著，順手將房門帶上，留下圖麗一人。

圖麗獨自躺在那張幾乎可以將她吞噬殆盡的柔軟大床上，她看著牆上那幅綿延的巨大老鷹浮雕，白色的烏鴉在展翅的老鷹之下，看起來如此幼小。

圖麗轉過身去，看著角落裡那些被拉長的影子。影子越拉越長，逆著光一路爬向床上的她。

影子聚集成一團，長出了雙手和雙腳，還有一頭又長又捲、如同瀑布般的黑髮。

圖麗深吸了口氣，她再度翻身，不想理會那些在深夜出現的幻影。

然而影子卻開始哼起歌，她輕快地哼唱著：「我該怎麼填飽肚子、我該怎麼滿足胃口——他說吃羔羊、吃幼貓、吃蜘蛛、吃蠍子、吃蟾蜍、吃毒蛇——但我怎麼捨得？我怎麼捨得？」

那抹影子靠在床頭櫃上，手指輕輕地撫摸著圖麗額際的髮絲，十分溫柔。

「我該怎麼填飽肚子、我該怎麼滿足胃口——」

影子的手指一路沿著圖麗的髮梢、臉頰、頸項和胸口向下，最後來到她的腹部。影子從後方擁抱住圖麗，她的手掌輕柔地圍繞著她的肚子打轉，像在安撫幼兒受寒的腹部。

「我該怎麼填飽肚子、我該怎麼滿足胃口——」影子像卡住的留聲機一樣不停唱著同樣一句歌詞。

原本已經逐漸闔上眼睛的圖麗猛然驚醒，她坐起身，裝作沒看到那抹黑影，伸手替自己倒了一杯勞倫斯泡的熱花茶。

圖麗低頭將花茶一飲而盡，也不在乎茶是不是還很燙。當她將茶喝下之後，身後的黑影也慢慢退去，退回角落的黑暗之中。

圖麗放下茶杯，她關掉床頭的檯燈，重新縮回床上，用棉被將自己緊緊裹住，閉上雙眼。

角落的影子依然輕輕地唱著：「我該怎麼填飽肚子、我該怎麼滿足胃口——」

賽勒在獅心大橋上走著。

天空飄著古怪的灰燼，來來往往的人群之中，手裡拿著蘋果糖的柯羅正坐在橋墩上和萊特爭執著什麼。

賽勒搖搖頭，這不是他要找的片段。

趁著沒人注意，賽勒加快步伐來到橋邊，直接翻過橋墩一躍而下，直直跳入河中。

跳入河中的賽勒再度浮出水面時，他已經不在獅心大橋下，而是某個不知名的樹林湖泊內。

周遭一片漆黑，樹林間一直傳出尖銳的口哨聲，而唯一的光亮來自湖岸邊的柯羅，他正拖著變成小朋友、不知為何還穿著小洋裝的萊特上岸。

湖中有東西在追逐著他們。

賽勒「嘖」了一聲，這依然不是他想要尋找的片段。他再度潛入湖裡，向深處游去，湖底深淵又一次將他吸進了黑暗之中。

喂！賽勒！快給我醒醒！

把萊特叫醒！

你對他做了什麼！

在冰冷的黑暗裡，焦急又暴躁的聲音忽遠忽近，但賽勒選擇無視。

賽勒一路在黑暗中隨著水流沉浮，直到他發現了湖底躺著一扇半敞開的窗，微弱的亮光從窗外散發出來。他毫不猶豫，筆直地游向那扇窗，並推開躍入。

賽勒隨著水流被沖出窗外，這次卻是從某戶人家的壁爐裡滾了出來。

像個愚蠢的聖誕老人一樣，賽勒不悅地嘖了聲。他拍拍身上的煤炭，抬起頭來，注意到自己在一間光線明亮的書房內。

書房大歸大卻相當擁擠，裡面擺放著各式各樣有關於女巫的書籍，還有一堆稀奇古怪的巫術用品。

賽勒歪著腦袋，要不是他看見了那幅擺在壁爐之上的畫像，以及畫像之下大大的獅子圖騰，他很可能會以為自己身在哪個巫族的宅邸。

他看著牆上的那幅畫。畫裡，已經白髮蒼蒼但仍然相貌英挺的老人穿著大主教的白袍，身旁站著的是一身黑衣、有著一頭黑瀑布般長捲髮的美麗女巫。

壁畫下面的木框刻著一段話——哈洛與達莉亞，致我們的友誼長存。

賽勒知道自己在哪裡了。

忽然，門外出現了一陣嘈雜的腳步聲，賽勒立刻用蠍子扎了一下自己。他讓自己變成一隻蠍子，一路爬進沙發底下，小心翼翼地躲藏在陰影處窺探。

一個大約兩、三歲大的金髮小男孩蹦蹦跳跳地走了進來，一屁股背對著賽勒坐在地毯上，隨手拿起一本關於女巫研究的書籍開始左右翻看。

跟在男孩身後進來的，則是壁畫上那名白髮蒼蒼的男人——哈洛．蕭伍德。

在他還小的時候，賽勒曾經見過哈洛幾面，即便年事已高，高大的他看起來依舊相當意氣風發，像一頭英挺的巨獅。

當然，這是在男人還沒鬧出教廷百年來的重大醜聞之前。這時一定沒人能預料到，這頭巨獅會在之後變成一坨白色的軟爛泡芙。

哈洛走進書房，任由好奇的金髮小男孩四處亂碰著他的東西，他沉默地解鎖抽屜櫃，從裡面翻出一本書黑色的舊書並開始翻閱。

這個舉動引起了小男孩的注意，也引起了賽勒的注意。

黑色的老舊書本封面上什麼都沒寫，書裡則是寫著許多巫族才看得懂的古文字。距離太遠，賽勒看不清楚上面都寫了些什麼，但有幾個圖文被他認了出來——那是召喚使魔的符號。

「這是什麼？」小男孩用他嫩嫩短小的手指指著其中一個圖案問。

「召喚陣。」哈洛微笑，將男孩抱到腿上。

「召喚陣可以幹什麼？」

「可以讓女巫邀請使魔，或釋放使魔。」

「只有女巫嗎？一般人可以嗎？」小男孩吃著手指頭，一臉天真無邪地問。

「不知道，我還在研究。」

「那我可以嗎？」

哈洛沉默了一會兒，靜靜地翻著書頁，然後才點點頭說道：「你當然可以了，萊特。」

「但媽和爸會不高興，媽會把我送走。」

「不，他們不會的，只要你……」哈洛頓了頓，神色有點哀傷，他說：「只要你永遠不要這麼做就好了。」

「好喔。」金髮小男孩還在吸著他的手指，沒注意到身後的人的神情，他那雙湛藍的淺色眼珠忽然望向了沙發之下。

賽勒和男孩對上了眼。

「爺爺你看，那裡有隻小蠍子……」男孩的手指了過來。

賽勒迅速退回陰影處，他很訝異男孩竟然發現了他，他不該發現他的。

在男孩朝他走來之前，賽勒一路沿著陰影爬出門口。

刺眼的亮光一閃，原本明亮的環境卻忽然變暗，賽勒又進入了一個昏暗的房間內。房間裡的門窗緊閉，窗簾全被拉上，室內只剩下床邊的一盞檯燈亮著。

賽勒望向房間裡唯一的那張床上，一個有著一頭美麗金色長髮的女人躺在上面，手裡環抱著一個剛出生不久的嬰兒。

女人撫摸著嬰兒的臉，一邊笑著一邊輕輕哼起歌來，她唱著：「我該怎麼填飽肚子、我該怎麼滿足胃口——」

賽勒聽過這首歌，他們的母親也曾經唱過這首歌。

「他說吃羔羊、吃幼貓、吃蜘蛛、吃蠍子、吃蟾蜍、吃毒蛇——但我怎麼捨得？我怎麼捨得？」女人繼續唱著，接著在嬰兒額頭上輕輕落下一吻。

這就是了，他想要找的記憶片段，賽勒心想。他看向女人懷中的嬰兒，等他長大之後並不會有這段時期的清楚記憶。

於是賽勒「嘖」了聲，讓自己恢復成原貌，並大膽地靠向床邊。

他需要看清楚女人是誰。

「也許我該吃掉你，你是不是世界上最可愛的小傢伙？」女人繼續逗著懷裡肉乎乎的嬰兒，卻在嬰兒發出笑聲後，倏地哽噎了起來。

女人抱住嬰兒，將臉埋在嬰兒懷裡，她繼續唱著：「但我怎麼捨得？我怎麼捨得？」

在啜泣聲中，賽勒站在床邊等待著女人抬起頭。

最後女人抹掉淚水，她抬起頭來，靜靜地對上賽勒的視線。然而賽勒卻沒能看清楚女人的臉——因為女人的臉是扭曲的。

「你回來了。」女人說。

賽勒以為她是在跟自己說話，他頓了幾秒，隨後才發現女人正注視著自己身後。

賽勒轉過頭，一名褐髮教士不知何時打開了房門。他站在門口，逆著光，模樣看不清楚，但那頭整齊的褐髮卻讓賽勒十分眼熟。

賽勒試圖想看清楚對方的長相，視線卻忽然間模糊起來，這次連整個房間都開始扭曲。

怎麼回事？

賽勒揉揉眼睛，由他操縱的夢境和記憶裡，不該發生這種情況。

「我們該怎麼辦，孩子該怎麼辦？」在扭曲的畫面中，女人啜泣著。

「別擔心，我會陪著妳，陪著你們，不會有事的。」教士走向女人，擁抱女人和孩子。

扭曲的女人看著扭曲的教士，她說：「我們誰也不能把這件事說出去，就算是對自己下惡毒的巫術也……」

賽勒眼前一黑，畫面就像被關掉的電視一樣，什麼也看不見了。

為什麼你在這裡？

黑暗中有個聲音說。

這句話應該是我要問的，賽勒心想。他在黑暗中四處尋找著門或窗戶，但整個人卻忽然被一股力量不斷往下拉。

黑暗像塊布一樣被抽走，四周只留下一片空白。在一片白色中，賽勒墜落著，最後咚地被某種力量用力地拉坐在一張椅子上。

賽勒動彈不得，他發現夢境和記憶已經不再由他操控。原本安靜的空間開始出現嗡嗡聲響，以及餐具碰撞的鏗鏘聲。

賽勒面前出現了一張餐桌，餐桌上放著吃了一半的晚餐。

賽勒試著伸出手，卻發現自己的雙手變得幼小而稚嫩。

「賽勒？」旁邊有個一模一樣的稚嫩嗓音喊他。

賽勒轉過頭去，七歲左右的朱諾就坐在他身旁，擔心地看著他：「你在想什麼？」

賽勒愣了一下，他看著朱諾和自己，兩人正穿著一模一樣的長袖襯衫和短褲，乖巧地坐在餐桌前用餐。

一旁的留聲機放著音樂，紅髮女人穿著圍裙在廚房裡邊跳舞邊做菜，看起來有點瘋狂。

賽勒沒有回答朱諾的話，他凝視著廚房裡的紅髮女人，女人嘴裡正哼著同一首歌：「我該怎麼填飽肚子、我該怎麼滿足胃口——」

最後紅髮女人轉過身來，她看著餐桌前的兩個孩子。

賽勒盯著眼前的女人，女人有著一張極為冷豔的美麗容顏，一雙和他們一樣血紅漂亮的眼珠，她還喜歡擦大紅色的口紅，就和未來的朱諾一樣。

停下哼歌，女人雙手拍在餐桌上問：「孩子們！你們聽過白鴉樹傳說的故事嗎？」

賽勒和朱諾一起被嚇了一跳，他們母親的情緒總是起伏不定，你永遠不知道她今天的興奮是因為喜悅還是因為憤怒。

「烏鴉偷吃農夫的稻米，於是上帝下了毒，毒死了不聽話的烏鴉，只留下了聽話的白鴉。」女人說著，在賽勒和朱諾對面的位子坐下，一邊神經質地將桌上的餐點切成大小相等的塊狀。「如果以後有教士告訴你們這個故事，千萬別相信他們，因為他們隱藏了故事裡最重要的部分——」

女人揮舞著刀叉，餐點的醬汁在空中噴濺，有幾滴濺到了朱諾的白襯衫上。

朱諾心疼地看著自己的白襯衫，這時候的他還很像賽勒，紅色短髮，沒有濃妝，對賽勒來說就像在照鏡子一樣。

「那塊地本來就是烏鴉的，是農夫先偷走了那塊地，擅自在上面種植稻米，還驅趕走了烏鴉。」她哈哈大笑著，語氣裡充滿憤怒：「而現在，他們先讓老鷹勸說烏鴉吃掉她的同伴，然後又在稻米裡下毒，全都推說是烏鴉的貪婪……這不是很可笑嗎？」

賽勒和朱諾都沒有回話，他們安靜地坐在位子上聽女人說，看著女人用叉子將食物叉起，並送到他們嘴邊，就像母鳥餵食雛鳥一樣。

然而食物只有一份。

賽勒和朱諾沒有動靜，他們看著母親咧起嘴角，將食物送回自己嘴裡。

「不競爭，你們兩隻都會餓死。」紅髮女人吞食著盤中的食物。「等到烏鴉把我們都吃掉，針鰍這個頭銜只會讓給最強壯的男巫，我希望你們記住這點。」

「我們會一起茁壯。」朱諾說，他在餐桌下牽緊了賽勒的手。

他們的母親冷哼一聲後開始發出悶笑，她依然不停切著盤中的食物。

「我們會平分針蠍這個頭銜。」賽勒說，他也在桌下牽緊了朱諾的手，但同時他的視線不斷地看向角落。

角落有個人影站在那裡。

母親笑得越來越誇張，到最後甚至抱著肚子哈哈大笑起來。

「這一點也不好笑！」朱諾喊著。

「閉嘴。」母親瞪著朱諾。

「我說了這一點也不好笑！」朱諾又喊。

「我說了閉嘴！不准和我頂嘴！」母親尖叫。

女人掀翻了放在桌上的熱湯，在熱湯灑在賽勒和朱諾身上之前，動怒的賽勒一掌拍在餐桌上，大喊著：「停下來！我叫你停下來！」

翻灑的熱湯在那一瞬間停止了，母親憤怒猙獰的臉凝滯著，而朱諾正伸出雙手準備護住自己的臉。

賽勒喘息著，他站起身，身形瞬間變回原本的年紀。他瞪向角落裡那個呆呆站著的人影，三步併成兩步地走向對方，幾乎帶著些微的怒氣。

「你以為你在做什麼？」賽勒伸手掐住對方的頸子，把對方從暗處拉了出來。

「我什麼都沒做！」對方卻說。

賽勒一咬牙，氣得用力將人猛摔在地上。

當對方重重摔倒在地上後，餐廳的場景瞬間消失，取而代之的是那間充滿奇形怪狀窗戶的小房間，賽勒最熟悉的地方。

賽勒跪坐在地上喘息著，手裡掐著同樣正在喘息的萊特。

「剛剛那是怎麼回事！」賽勒對萊特喊著。

「我不知道！」萊特同樣對賽勒回喊。

賽勒看著躺在地上的金髮教士，金髮教士自己也一頭霧水的模樣。兩人凝視著對方對峙了好一陣子，賽勒才猛然退開。

賽勒嘖了聲，他深吸口氣，整理起自己被弄皺的西裝。

至於萊特——躺在地上的他坐起身，左右張望，整個人一臉茫然。

「你說折斷那根黑色的長針之後，你就會帶我們回到現實。」萊特摸了摸自己被掐疼的脖子，也沒有責怪賽勒的意思。他只是看著賽勒，想把剛剛的事情釐清。

「確實是這樣沒錯。」賽勒繫著袖釦，頭連抬都沒抬一下。

「那為什麼我們現在在這裡，還有剛剛是怎麼回事？」

賽勒自己也停下了動作，因為關於金髮教士的其中一個問題，也是他想問的問題。

「我剛剛和柯羅本來還在鹿學長的記憶裡，榭汀應該解決完了隱藏在鹿學長記憶裡的最後一個朱諾，然後……然後我進入了我以前的回憶裡？」萊特回憶著不久前發生的事。

在他們完成任務之後，黑色的長針在他們手中發出震動，知道那是賽勒給他們的訊號後，他們同時折斷了手上的黑色長針。

賽勒答應過他們，會在這之後讓他們清醒，將他們帶回現實。

但萊特卻沒有像賽勒所說的那樣被帶回現實，相反地，他做了一個很長的夢。夢裡，萊特先是回到了某次和柯羅在獅心大橋上吃著蘋果糖的回憶裡；接著，他又迷迷糊糊地跟隨著什麼人一頭跳進橋下，轉眼間來到了他和柯羅在甜湖鎮時，被使魔抓進湖裡的那段驚險回憶。

似乎有什麼人一直帶著他在自己的回憶裡亂竄，甚至竄回了他年幼時的記憶——在爺爺的書房裡翻閱著那些稀奇古怪的女巫書籍，和爺爺在書房裡聊著天。這些都是在他腦海裡已經逐漸被淡忘的回憶。

「我還在以前爺爺的書房裡看到了一隻蠍子……」萊特忽然想起了這件事，他看向賽勒。「但是那裡本來不該有蠍子的。」

賽勒終於抬起頭來，也沒有迴避萊特質疑的目光，他挑起眉頭問：「然後呢？」

「然後我看著蠍子逃出爺爺的書房，於是我跟了上去。」萊特說。

「然後？」賽勒再次走向萊特。

萊特頓了頓，語氣有點不確定：「然後我們到了一個房間裡，房間裡有個抱著嬰兒的陌生女人。」

「陌生女人？」

「對。」

「那絕對不是什麼陌生女人。」賽勒卻說，他在萊特面前蹲下，用手指戳了戳對方的腦袋。「那個女人既然在你的記憶裡，就絕對和你有關係。」

萊特一臉迷茫地望著賽勒，他問：「你窺探了我的記憶？」

「是的。」

「為什麼？」萊特下意識地遮住耳朵，彷彿這樣就能防止賽勒入侵他的腦袋似的。

「因為在你們進入丹鹿的記憶時，我發現了一件有趣的事情，而且是關於你的事。」賽勒倒是很大方地說出了他的意圖。

當他們所有人為了清除丹鹿腦海裡作亂的朱諾，而一一窺探丹鹿的記憶時，操控著這一切的賽勒也同時窺視到了所有發生在他眼前的記憶——包括柯羅探尋到的，在丹鹿的老家裡，丹鹿父親與萊特爺爺的那段對話。

賽勒察覺到了有什麼不對勁的地方，而且跟萊特密切相關。

被勾起了好奇心，賽勒在帶回所有人時，唯獨遺漏了萊特。他沒有把萊特喚醒，而是偷偷進入了他的記憶。

賽勒想挖出金髮教士不為人知的祕密，而這件事本來不該被萊特知道。

「你沒有經過我的同意！」萊特雙手環胸，有點不高興。

「因為這項行為本來不應該被你發現。」賽勒聳聳肩，瞪著萊特的視線又凌厲了起來。「你發現了我在你的記憶中，但你不應該發現的，一般人並沒有能力察覺到我在他們的記憶之中。」

「但……我就是看到了你，你很明顯。」萊特皺眉，似乎並不認為這有多困難。

「不，這不可能，就算我今天進入的是男巫的記憶，他們也很難發現我們隱匿在其中；再說，你不只發現了我，你還反過來入侵了我的記憶……」

賽勒的話讓萊特想起了他在那個金髮女人抱著嬰兒的奇怪場景後窺探到的事情，年幼的賽勒與朱諾坐在餐桌前，面對著幾乎瘋狂的紅髮女巫。

那是賽勒的回憶？而他……反過來窺探了賽勒的回憶？

「你到底是怎麼做到的？」賽勒再次質問。

「我真的不知道……」萊特錯愕。

當時的他只想著要和出現在他回憶裡的賽勒搭話，卻不知道怎麼地就跟著賽勒一路進入了他的幼時記憶中，那過程就像穿越一道門那麼簡單。

「什麼叫不知道？你一定知道什麼，沒有人可以隨便入侵針蠍的腦袋，能這樣做的只有……」賽勒停頓下來，他注視著萊特，一個想法在他腦中逐漸成形。

這個想法有點危險，卻不是完全不可能的事情。

「只有？」萊特挑起眉頭催促賽勒把話說完。

但賽勒沒能繼續把話說完，他才剛張開嘴巴，一股力量便掐住了他的氣管和喉嚨。

「賽勒？」

萊特看著面前忽然面紅耳赤的賽勒，對方一下子倒在了地上。

「賽勒！」

CHAPTER 2

歸返

倒在地上的賽勒按著頸子，一邊急切地向萊特伸長了手，像是在尋求幫助。

萊特一開始還有些困惑，直到他發現房間裡的窗戶一扇一扇地變暗，而其中一扇窗外，柯羅憤怒的臉正大大地印在外面。

「快把萊特還來！你這個王八蛋！」他看上去正在掐著什麼東西。

「勒死他小心他們幾個都回不來了！」榭汀在後面拉著柯羅。

萊特這才意識到發生了什麼事，他看向賽勒，已經被勒到幾乎沒了氣息的賽勒勉強地對他說了句：「……快點靠過來！」

回過神來的萊特急忙湊向賽勒，他緊張地問道：「我要怎麼幫你？人工呼吸嗎？」

語畢，萊特對賽勒一個公主抱就準備往人家的嘴親下去，但被額頭青筋暴起的賽勒給一掌掐住嘴制止。

「不是這個……張開你的嘴！」暴怒的賽勒將萊特反壓制在地上。

躺在地上的萊特看著身上的賽勒，猶豫了幾秒後，他乖乖張嘴，沒想到狠毒的蠍子順手從背部摸出一把黑針，直接往他的舌頭上用力刺了一下。

「噢！」萊特吃痛地閉上眼，眼淚都流出來了。

等他再度睜開眼時，他已經不在那個被窗戶環繞著的小房間內，而是回到了榭汀辦公室裡的溫室。

萊特擦掉眼淚，他的舌尖痛痛的，嘴裡還有鐵鏽的味道，不過並沒有其他不適的地方。

「賽勒！」

「住手！你會掐死他的！」

萊特呆呆地坐起身來，只看見柯羅死命掐著雙眼無神的賽勒。他喊了句：「柯羅？」

柯羅和榭汀回過頭，他們看著正在和他們打招呼的萊特，柯羅這才緩緩地鬆開了掐住賽勒的手。

「發生什麼事了？」萊特問。

「在柯羅和榭汀醒過來後，就剩你還沒醒來，然後原本一直都是清醒的賽勒也忽然倒下了。」一直坐在沙發上觀看著整個入夢儀式的絲蘭說，他好奇地望著萊特：「你想問發生了什麼事？我們才想問你發生了什麼事？」

萊特聳聳肩，他不知道該怎麼解釋剛剛發生的一切。

而這時，倒地的賽勒也睜開了眼睛。

「萊特……」柯羅才剛出聲，他手裡拽著的賽勒就爬了起來，很不客氣地一拳揍向沒有防備的柯羅。

柯羅被揍倒在地，痛得蜷曲起身體。

「那一拳是為了你剛剛差點掐死我揍的。」賽勒深吸了幾口氣，依然面不改色地站在一旁整理著他被柯羅掐皺的衣領和領帶。

「你這王八蛋……」柯羅惡狠狠地瞪向賽勒。他爬起來準備再度衝向對方，卻被身後的榭汀一把拉住。「放開我！我要揍死這傢伙！」

「你可以試試，小弱雞，別被我螫到就是了。」賽勒皮笑肉不笑。

「你才是弱雞，你和你兄弟都是！」

萊特注意到柯羅的影子在晃動延伸，而賽勒也正用手在背後摸索著什麼，眼看大事不妙，他正要上前阻止，兩聲槍響突然響起。

一發子彈打在了柯羅晃動的影子上，另一發則是不偏不倚、恰巧擦過賽勒的衣服。

所有人都停下了來，驚恐地望著站在絲蘭身旁、手裡像抱著寶貝一樣抱著獵槍的卡麥兒。

只見卡麥兒微微一笑，俏皮地向男巫們眨眼：「不可以吵架喔。」

一旁的絲蘭大笑出聲，柯羅則是從榭汀懷裡滑了下去，影子不再騷動。

賽勒搖了搖頭，他只是幾年沒回黑萊塔而已，這裡的人卻都瘋了。

整理完衣服的賽勒再度和萊特對上眼，賽勒故意衝著對方眨眼，金髮教士則是吞了口唾沫，他們兩人之間還有些小祕密沒談完。

不過沒關係，這件事之後可以慢慢談，賽勒心想。但現在的他還有更重要的事必須先處理。

「賽勒。」榭汀出聲，他擺擺頭，示意賽勒看向坐在陣術之中的丹鹿，臉上藏不住擔憂。

丹鹿一臉呆滯，介於清醒和昏睡之間。

「別擔心，先把你們口袋裡的東西交給我。」賽勒伸手向他們討要著東西。

幾個人愣了一下，隨後開始摸索自己的口袋。口袋裡，那個賽勒在丹鹿的腦海裡交給他們的小玻璃瓶真實地出現在他們的口袋之中。

萊特、柯羅和榭汀紛紛將小玻璃瓶取出，裡頭是一灘灘竄動的黑色液體，那些殘存在丹鹿腦內的朱諾碎片。

「這些就是你們一直抓不出來、剩下來的那些朱諾毒液。」賽勒一一從他們手中抽走那些瓶罐，並將它們統一匯集成一罐。

看著玻璃罐裡毫無精神蠕動著的黑色液體，賽勒滿意地敲了一下瓶身。

「這樣丹鹿腦海裡的那些壞東西就確定清乾淨了？」榭汀問。

「沒錯。」

「可是鹿學長為什麼還沒清醒過來？」萊特問。

「因為你們在他的腦袋裡亂搞，他腦袋炸了，很遺憾，他已經……」

這次換貓先生咬緊牙根，溫室裡的植物們開始蠢蠢欲動。

只是賽勒很快又勾起嘴角，露出那種討人厭的戲謔笑容：「開玩笑的，就叫你們別緊張。」

「我們應該殺掉他，殺了他然後棄屍，沒人會發現的，反正他已經不是登記在教廷的男巫。」柯羅小聲地和榭汀說。

「我同意，埋在溫室裡好了，還可以當肥料。」榭汀點頭附和。

「你們兩個都冷靜點。」萊特一手一個拉著兩個男巫。

賽勒沒理會柯羅和榭汀，他走向呆坐著的丹鹿，用手指挑起對方的臉，開始用溫柔的語氣喃喃細語著：「被繩索拴住的小鹿，我鬆開了綑綁住你的繩索，將你放回了你的森林裡；別想念我，只管自由自在地奔跑，只受自己的意志拘束。」

在眾人的注目下，賽勒低頭，再度張嘴齧咬上丹鹿的臉頰。

榭汀又是白眼翻個沒完，另一邊的卡麥兒不知為何拿出了手機開始偷偷拍照。

昏黃的燭光之中，他們看見賽勒的眼睛發出了瑰麗的紅光，他像吸血鬼一樣吸吮著丹鹿的臉頰。

溫室裡的燭光一瞬間全部熄滅，原本黑暗的空間就像忽然打開了燈一樣，日光灑落，室內頓時一片明亮。

丹鹿眨眨眼，清醒過來，臉頰的刺痛讓他整個人震了一下。他下意識用手掌按住臉，一臉莫名奇妙地看著貼在他臉頰旁邊的賽勒。

賽勒舔了舔帶血的嘴唇，朝丹鹿的耳朵吹了一口氣。

「你在幹什麼！你對我做了什麼？你在吃我的臉嗎？」丹鹿彈跳了大約有一尺高，他一路跳到榭汀身後，摸著自己的臉一直狂喊：「完了完了，我俊俏的臉被吃掉了，我要變喪屍了！」

榭汀沉默不語地盯著活蹦亂跳的丹鹿。

「幹嘛？怎麼了？我開始轉變了嗎？」丹鹿一臉驚恐地瞪著榭汀，抓著對方一直猛問，直到榭汀伸手捧住了他的臉。

榭汀用拇指蹭過丹鹿臉上的傷口，傷口不再滲血，甚至已經開始癒合。自從被朱諾咬了之後就一直留存著的傷疤也已經消失無蹤。

「我是誰？」榭汀問。

「你問這什麼問題？還能是誰？」丹鹿皺眉瞪著榭汀，沒好氣道：「別鬧了，榭汀！快告訴我我的臉還好嗎？」

榭汀微笑，捧著丹鹿的臉親了一口。

「非常好。」

「啊啊啊啊啊！你這又是在幹什麼！」丹鹿這次跳到了萊特背後，雙耳赤紅、疑神疑鬼地看著榭汀和賽勒。

「你恢復了！鹿學長！」這次換萊特捧住丹鹿的臉。

「你要是再親我我就揍扁你！」丹鹿死命撥開準備湊上來的萊特，但最後還是沒能抵擋住對方熱情的濕吻。

看著一臉厭世地被萊特抱在懷中親吻的丹鹿，榭汀總算鬆了口氣。已經壓在他胸口好一陣子的大石頭終於放了下來，他們再也不用擔心丹鹿會被朱諾操控了。

而現在，榭汀就只剩下一件事情必須處理——

「我是不是說過不用緊張？只要是我答應過的交易，我一定會履行我的義務。」賽勒說，他意有所指地看著榭汀。

榭汀扠腰，輕嘆了一口氣：「現在換我履行我的義務了，對嗎？」

「對，記得你答應我的事——一場分靈手術。」

約書不斷翻玩著手中的金色袖釦，面色凝重地用指腹蹭著上面的獅頭圖騰。他怎麼都想不透，為什麼一個焚燒的流浪男巫會從嘴裡吐出一顆教士的袖釦。

「下車，約書。」

車門被打開，伊甸朝副駕駛座上的約書伸出手。

在經歷了兩天一夜、驚險刺激的出差行程後，他們終於風塵僕僕地回到了黑萊塔。

只是這趟出差他們沒有獲得多少有用的資訊，不僅被耍了兩次，謎團變得更加複雜，約書甚至還掛了彩。

「沒這麼嚴重，我可以自己……」約書腳剛伸下車，立刻嘶的一聲，馬上又把腳收了回去，面色鐵青地改口：「完蛋了，我的腿瘸了，可能還要截肢，我是不是該退休了？你會照顧我一生一世嗎，伊甸？答應我，以後每天都要推著輪椅帶我去曬太陽。」

「沒有這麼嚴重，你只是需要讓榭汀看看，然後好好休息，我們已經忙了好幾天了。」面對著面無表情陷入恐慌的約書，伊甸安撫著。他用手指敲敲車頂，對著黑萊塔內喊道：「烏洛波羅斯！」

彷彿已經在大門駐守等待許久，兩隻銅鑄大蛇立刻像兩條熱情迎接主人的寵物犬一樣，從黑萊塔的大門裡興沖沖地一路爬行出來。它們爬過伊甸的腳邊，鑽進車內，邊吐著蛇信邊將約書纏住。

「小心約書的腳。」伊甸命令道。

纏在約書身上的烏洛波羅斯聽從伊甸的話，它們輕輕避開約書受傷的腳，舌頭不斷在他臉上嘶嘶地吐著。

約書不曉得為什麼銅製的大蛇們會有唾液，他臉上都是冷冷黏黏的液體，聞起來像是機油的味道。

「你就不能做幾隻可愛的小狗或小馬之類的嗎？」約書臉色鐵青地被銅蛇們以公主抱的姿態簇擁著抬出車外，它們就像他專屬的轎子一樣，就這麼一路扛著他，跟隨著伊甸的步伐往黑萊塔前進。

「別這麼說，它們會傷心。」

「它們鐵石心腸，才不會傷心。」

約書看了兩隻巨大的銅蛇一眼，銅蛇們正用水汪汪的紅寶石眼珠盯著他，好像真的有多可憐似的。約書撇過頭去：「你幹嘛不乾脆親自扶我進去就好了，我這個樣子被學弟們看到了多丟臉。」

伊甸卻說：「因為你太重了。」

「我們才搭檔多久，你竟然已經開始嫌棄糟糠妻？嫌我胖了？」約書作勢要拿手裡的袖釦丟伊甸。

伊甸看了眼在銅蛇身上掙扎的約書，他發出笑聲，彷彿已經知道對方要做什麼，隨手奪走了約書手上的袖釦。

伊甸把玩著手裡的袖釦，仔細觀察著袖釦的形狀，轉移話題道：「很有趣，胡倫嘴裡竟然吐出了獅派教士的袖釦……而且還是一名督導教士。」

一般職等的教士袖釦通常是方形的，只有督導教士才會用圓形的袖釦。

「一點也不有趣，恐怖死了。」一提到這件事，原本已經呈現半放棄狀態、像個公主一樣舒舒服服地靠在銅蛇身上不再掙扎的約書又開始頭皮發麻。「究竟為什麼一個流浪男巫的嘴裡會有一名督導教士的袖釦？那是誰的袖釦？又為什麼會在他嘴裡？」

「我聽說過召靈的其中一種方式，就是吞下某個人的物品，藉由那樣物品尋找與此人相關的亡靈。」

「所以有人在找這個教士的亡靈？」

「或和這個教士有關的亡靈，物品的主人是死是活並不一定。」

「那到底為什麼會牽扯到教廷的督導教士？」

約書百思不得其解，這個試圖窺探教士隱私的人目的究竟是什麼？他原本以為這些連環自焚案棘手歸棘手，但也只是某個像林區一樣的中二流浪男巫在搞鬼……而現在卻牽扯到了督導教士？

一旦牽扯到教廷和督導教士，事情就變得非常嚴重了。

「先別想這麼多，我們也不能排除是某些無聊的教士跑去玩占卜，畢竟獅派的教士都……」

兩人想起了黑萊塔裡的萊特，那傢伙還真的有可能因為無聊跑去幹這種事。

「總之別想太多，先治療你的腳傷比較重要。」

「我要怎麼不想這麼多？這牽扯到了教廷和教士……」約書抹了把臉，看上去鎮定地崩潰著：「我們必須盡快查出袖釦的主人是誰，還有搞清楚究竟是哪個傢伙去找胡倫……」

前方領著路的伊旬忽然停下腳步，在進到黑萊塔的大廳之後，他便一動不動地站在那裡。

「你擋住我了……」

約書在後面探頭探腦地要伊甸讓開，一看到眼前的場景卻差點沒氣瘋。四處都是散亂倒落的桌椅花瓶，幾扇窗上的窗廉還被扯下一半，昂貴的獅頭雕像不知為何掉在地上，還被人揍凹了幾拳。

整個黑萊塔大廳像颱風過境一樣。

「這到底是怎麼回事？」倒抽了一口氣的約書簡直不敢相信自己的眼睛，他和伊甸出門之前，一切明明都還好好的。

雖然這兩天一路上他們都在開著萊特這些小菜鳥會把黑萊塔炸掉的玩笑，但玩笑歸玩笑，誰也沒料到萊特他們真的把黑萊塔炸了。

約書和伊甸看著眼前一團混亂的黑萊塔，一盞只剩電線牽連著的燭燈在他們面前砸落地面。

「我要殺了這群傢伙。」

咬牙切齒的約書第一次露出了罕見的微笑，連簇擁著他的兩隻烏洛波羅斯都忍不住抖了兩下。

坐在沙發上的賽勒像抱著蜂蜜罐的小熊維尼一樣，手裡緊緊抱著裝有朱諾碎片的玻璃罐。玻璃罐裡的黑色碎片像一坨軟爛的血蛭，奮力在罐子裡垂死掙扎，想逃脫束縛。

賽勒隨手拿了把茶匙就開始搔刮著玻璃，黑色的液態物品立刻抖動著癱軟成一團。

賽勒笑得像個惡作劇的孩子，即使他頸子上也因為那聲音而起了雞皮疙瘩。

「可以請你住手嗎？那個聲音很惱人。」

榭汀將剛煮好的熱毛巾遞給賽勒，另外放了一小瓶淡藍色的藥水在他面前。

「你也討厭這個聲音？」

「沒有正常人會喜歡這個聲音。」

「朱諾是個瘋子，但他也討厭這個聲音。」賽勒微笑，他停下手上的動作並且接過毛巾，擦拭著臉上乾涸的血漬，卻遲遲沒動那瓶藥水。

「蠍子也怕被毒死？」一旁的絲蘭挑眉，諷刺意味濃厚地嘲笑賽勒。

「畢竟我救了你們的教士一命——但兩次，你們卻差點殺了我兩次。」賽勒用熱毛巾擦拭完雙手後舉起食指和中指，誇張地表達兩次的重要性。

「我們可沒有。」榭汀和絲蘭同時說，接著他們很有默契地看向盤腿坐在榭汀辦公桌上的柯羅。

柯羅手裡也拿著熱毛巾敷在臉上，他專注地凝視著正拿著掃把收拾著滿地殘局的萊特，好半天才回過神來，一臉莫名其妙地看著他們。

「是那隻沒腦袋的小烏鴉幹的。」絲蘭一臉沒事地喝著熱茶。

「原諒他，他就是個愚蠢幼稚的小白痴。」榭汀則是說道。

「你們才是蠢蜘蛛和愚蠢幼稚的笨貓……」柯羅氣得跳了起來，只是很快又腿軟坐了回去。

柯羅在入夢時被朱諾刺的那一下並不輕，雖然當時賽勒及時把他救了回來，但當他清醒過來時，整個胸口和腦袋都產生了劇烈的疼痛，鼻血還流個不停。

「你坐好，把這個喝下去。」榭汀也給了柯羅一瓶相同的藥水。

柯羅沒好氣地接過藥水，一口灌下，開始解釋：「第一次是因為朱諾差點要殺掉萊特，我必須救他才被朱諾抓住，我根本不是故意……」

「我說過，那都只是記憶，又不是真實。」賽勒冷冷地說，他看著柯羅毫不猶豫地喝下藥水。

絲蘭坐在旁邊跟著搖頭，一副柯羅沒救了的模樣，只有萊特雙手捧著胸口，雙眼亮晶晶地望著柯羅。

「柯羅，你在鹿學長的腦袋裡救過我嗎？」

「你閉嘴！去掃你的地！」柯羅瞪著萊特，喝下藥水的他已經有精神吼人了，他繼續辯解道：「就算、就算第一次真的是我魯莽好了……」

「愚蠢，愚蠢又魯莽。」賽勒強調。

柯羅瞪了賽勒一眼，說道：「但第二次呢？第二次是因為萊特一直沒醒來，我以為你對他做了什麼事！」

當柯羅的指控一說出口，萊特和賽勒忽然都停下了手邊的事情，還很不自然地互看了一眼。

柯羅瞪著兩人，連一旁的榭汀都挑起眉來。

「怎麼了，確實有發生什麼事情嗎？」絲蘭放下他的茶杯，敏感地瞇起眼睛，像是嗅到了祕密的氣味。

賽勒沒有回話，他終於拿起桌上的小藥水瓶，一飲而盡。在確認自己沒有中毒倒地，腦袋反而不像剛清醒時那樣頭痛欲裂，體力也在瞬間恢復後，他才說：「你們怎麼不問問是不是教士對我做了什麼事？」

萊特一下子成為了注目的焦點。

「他那是什麼意思，到底發生了什麼事？」柯羅質問萊特。

萊特無語，他不知道該怎麼向柯羅解釋之前發生的一切，因為連他自己都不曉得剛剛究竟發生了什麼。

賽勒看著一臉為難的萊特，他勾起嘴角，「好心地」再度開口轉移眾人的注意力。

「先結束這些閒話家常，反正人我已經都安全帶回來了……現在我只想知道一件事，什麼時候能進行分靈手術？」賽勒看向榭汀：「現在嗎？」

榭汀皺起眉頭：「當然不可能了。」

「不可能？你這是什麼意思，你想反悔嗎？」賽勒沉下臉，幾隻蠍子從他領口處冒出，在他肩上爬行，頗有警告意味。

針蠍家的人還是像以往一樣喜怒無常，幾十年都沒變過，榭汀心想。他搖搖頭：「分靈手術可不是扮家家酒的小手術，你以為像剪指甲這麼容易嗎？」

「你明明說過這手術對你們暹貓家來說輕而易舉，隨時都可以進行。」

「話都是你在說，我可沒這麼說過。」

賽勒回想了一下……確實如此沒錯。

「我還以為暹貓家的醫術有多厲害，看起來不過如此。」賽勒哼了一聲。

「那是因為你們針蠍家只懂下毒害人，對巫醫卻一知半解。」

「不管我懂不懂……」

賽勒眼角餘光注意到從溫室走出來的丹鹿，休息過後，對方的氣色看起來已經紅潤許多。賽勒用指甲輕輕敲打著玻璃瓶，裡頭的東西看見丹鹿又開始有些躁動。

「答應的事就是答應的事，如果你敢食言，我有的是辦法讓你的小教士再次成為寵物，而且這次他不會這麼好過，因為主人會是我。」

榭汀的臉瞬間冷了下來，瞳孔如同貓瞳般收縮。

「別隨便用我的教士威脅我，如果你還想走出黑萊塔的話……」

「別對我發脾氣，小貓咪，不想把事情弄得這麼難看，就幫我進行分靈手術。」

「真可愛，小貓咪和小蠍子在互相恫嚇呢。」絲蘭在旁邊納涼，結果被兩人都瞪了一眼，他毫不在意，依然笑咪咪地喝著茶。

「總之，我會履行承諾幫你進行分靈手術，這點你用不著擔心。」榭汀對賽勒說：「但真正動過分靈手術的只有蘿絲瑪麗，我並沒有相關經驗，如果要確保手術順利，你必須給我一點時間研究。」

賽勒沒有說話，又開始用手指搔刮著玻璃罐。

「……除非你不在乎手術風險，比如我不小心把你們縫得更緊，或切掉了其中一個人的腦袋。」

「好吧好吧，你說服我了。」賽勒擺了擺手：「我答應給你一段時間，但為了確保你們沒有敷衍我，這段時間我會如影隨形地待在你們身邊，一直監督你們……」

「你什麼？」

榭汀和絲蘭都以為自己聽錯了，正當他們要再次開口確認賽勒的意思時，辦公室外忽然傳來響亮的吼聲——

「蕭伍德！克萊門汀！司普蘭！」

原本正聚在一起討論要怎麼在大學長回來之前收拾殘局的獅派教士們頓時獅軀一震，他們僵硬地望向被推開的辦公室大門。

「你們、到底、都做了、什麼、好事？」

坐在烏洛波羅斯上一路被送進來的約書看上去有點滑稽，但他此刻的氣勢卻讓他的學弟妹們沒一個人敢出聲，只能默默向老天祈禱今天不是他們的死期。

在看到連辦公室都是一團混亂之後，約書額際的青筋連冒了好幾條，他的視線像破壞死光一樣掃射過在場的教士和男巫，最後定格在坐在沙發上的賽勒身上。

「嗨。」賽勒舉起手來。

停頓了幾秒後，沿著額際一路到頸子，約書的青筋又迸出了好幾條。

「你們最好解釋一下這到底是怎麼回事。」

CHAPTER 3

約會邀請

在萊特向約書報告這兩天究竟發生了什麼事時，被放置在丹鹿辦公桌上的快樂瑪麗安像是被逗樂了一樣，不停發出「嘎嘎嘎嘎嘎」的笑聲。

丹鹿和卡麥兒不斷用眼神哀求著快樂瑪麗安閉嘴，但那只讓牠笑得越來越大聲，而坐在他們面前聽報告的大學長臉也越來越臭。

完蛋了。三個教士同時在心底冒出這樣的心聲。

「我只是兩天不在而已，就兩天！我再晚一天回來的話會發生什麼事？會不會地球直接裂成兩半，發生世界末日之類的？」約書怒氣騰騰地一掌拍在桌上，連放在上面的顛茄盆栽們都跟著嬌喘尖叫了兩聲。

聽著萊特報告事情經過，約書都快不敢相信自己究竟聽到了什麼。因為所有他和伊甸在出差時拿出來開玩笑的那些壞事——什麼萊特和柯羅不小心在地獄裡把自己弄丟啦、使魔莫名其妙打起架來啦、絲蘭在捕捉快樂瑪麗安時還順手砸了他藏在冷凍櫃的冰淇淋啦……那些能發生的竟然全都發生了！

更別提一隻流浪在外多年的針蠍忽然跑回黑萊塔這件事。

約書轉頭看向賽勒，這位多年不曾見面的針蠍就算是到了別人的地盤，看起來仍是一副怡然自得的模樣。

抱著玻璃罐悠閒地坐在沙發上的賽勒看著約書：「你的臉還是一樣無趣，跟小時候完全一模一樣。」

約書咬緊牙根，而彷彿是在嘲笑他一般，瑪麗安又發出了高亢的笑聲。

「嘎嘎嘎嘎嘎！」

看著咬牙切齒的大學長，萊特趕緊在對方伸手掐死瑪麗安之前，將狂笑的變色龍從桌上拿下來，然後把丹鹿推了出去。

「至少我們成功去除了鹿學長體內的朱諾病毒！所以大學長你就不用擔心需要另外再找新的人手了！」萊特就差沒替丹鹿撒上彩帶了。

被推出去的丹鹿瞪著萊特，和約書一樣，額頭脖子一瞬間冒出了不知道多少條青筋。

「恢復丹鹿本來就是你們的任務！但差點在地獄裡走失回不來，還摧毀了辦公室和我的冰淇淋，以及邀請流浪男巫大大方方地進入黑萊塔並不是！」約書拍桌起身，很快又因為腳傷而吃痛地坐回位子上。

「冷靜，約書。」伊甸按著約書的肩膀。

「對不起……大學長。」又被吼了一頓的教士們灰頭土臉地低著頭。

約書揉著太陽穴，幾天沒好好睡覺，還被「偉大的利維坦」用爪子撓過腦袋，他現在頭十分疼痛。

「你們每個人都必須給我交詳細的報告和悔過書上來，說清楚這一切事情的經過，明白嗎？」

在約書那種凌厲又厭世的眼神瞪視下，沒有教士敢出聲，每個人都乖乖點頭。

「我還以為有三個教士顧場，還有蘿絲瑪麗看著你們這群小蠢蛋就沒事了，看來是我太天真了……」約書還在碎碎念著，他巡視在場所有人一圈，卻發現好像有什麼地方不對勁。

該在場的人不在，不該在場的傢伙卻抱著玻璃罐正在辦公室裡閒晃。

「話說回來，蘿絲瑪麗人呢？」沒注意到其他人一瞬間沉重下來的表情，約書皺起眉頭：「格雷和威廉又去哪裡了？」

廢棄大樓的樓頂屋簷殘破，上面的風很冷很強烈，陽光卻又如此地溫暖刺人。威廉站在屋簷陰影與日光的交界處，他抱緊自己，臉被陽光曬熱了，身體卻十分冰冷。

猶如驚弓之鳥般，威廉動也不動地看著眼前這個俊美的男巫。

「嗨，威廉，還記得我嗎？」

瑞文用很輕柔的語氣問道。威廉和他保持著一段距離，小心翼翼地看著他。

「瑞……文？」威廉唇色蒼白，腦袋也是一片空白。

「太好了，你還記得我。」瑞文笑咧了一排整齊的牙齒，彷彿他真的很高興威廉還記得他。

威廉沒有回話。事實上，他會記得瑞文倒不是因為他孩提時代的記憶力多好。

瑞文還在黑萊塔擔任男巫時，威廉年紀還小，他對於這位年紀很輕就開始在黑萊塔替教廷工作的男巫並不熟悉。

一直到威廉的年紀夠了，足以進入黑萊塔擔任男巫時，瑞文早就已經從黑萊塔消失了很長一段時間。

威廉會記得瑞文，純粹是因為關於血鴉的傳聞他實在聽過太多遍了。

血鴉就像總是如影隨形、讓人惡夢連連的童年陰影一樣。

即使在瑞文消失多年後，血鴉瑞文依舊會在不經意間被好奇多事的人提起，或是被當成用來嚇人的都市傳說。

就算教廷再怎麼努力禁止任何人討論他的存在，讓他變成一個完全不能被搬上檯面討論的禁忌，卻仍然無法抹滅他存在的事實。

坊間甚至有童謠是專門為血鴉所創作，威廉還記得那首童謠是這麼唱的：

可怕的渡鴉站在你的肩膀上，

嘎、嘎、嘎——

牠叫了三聲，

嘎、嘎、嘎——

教士的腦袋落地了，女巫的腦袋落地了，你的腦袋落地了。

哈、哈、哈，

牠又叫了三聲。

而這跟血鴉瑞文喜歡摘別人腦袋的殘忍形象一致。

傳聞裡的血鴉男巫就像隻凶殘巨大的野獸。人們在形容這個禁忌時，總是將他描繪成三頭六臂的怪物，說他脖子上有著可怕醜陋的燒傷痕跡，目光裡閃爍著駭人的血紅色光芒，有著獠牙和利嘴。

威廉不只一次想像過，離開了黑萊塔和教廷的血鴉瑞文究竟變成了什麼醜陋可怕的樣子；如今見到本尊，一切和他所臆想的卻非常矛盾。

瑞文和威廉想像中的血鴉有那麼一點相似，卻又有極大程度地不同。

就和他想像裡的一樣，瑞文很高，頸子上都是可怕醜陋的燒傷痕跡；不同的是，真正的瑞文並沒有他腦海裡所想個那個血鴉這麼可怕。

瑞文並沒有傳聞裡的三頭六臂，沒有獠牙也沒有利齒，眼裡更沒有駭人的血紅色光芒；除了那些不堪入目的燒傷痕跡之外，瑞文看上去就像是個身材高瘦的普通人，還有著一張繼承了大女巫達莉亞的美貌臉孔。

瑞文笑起來的時候很和善，沒什麼距離。他的笑容甚至讓威廉想起了小時候的柯羅。

小時候的柯羅也是個渾蛋，但當他們一起玩的時候，他偶爾還是會對他露出類似的笑容。儘管不願意承認，但威廉喜歡那個笑容。

「我們大概只在媽咪們的聚會或教廷的集會上見過一兩次面，那時候你還是個話都不太會說的小不點，我以為你對我完全沒有印象。」瑞文再度說話，打破了他們之間的沉默。

「你、你回來了？什麼時候回來的？」威廉終於開口，他的聲音忍不住帶上了一點顫抖。

「最近回來的。」瑞文摸了摸肩膀上的渡鴉，他看著威廉，向前走了一步。

「別過來！」威廉向後退了一步，倉皇地尋找著能夠逃離的路徑，直到瑞文舉起雙手制止他。

「別害怕，威廉，我找你過來並沒有抱持任何惡意。」瑞文用非常輕柔的語氣對威廉說：「相信我，我絕對不會傷害你。」

威廉已經很久沒聽到有人用這種語氣跟他說話了，除了萊特。

「但如果你會害怕的話，我可以站在這裡就好。」瑞文說著，並不再前進。

威廉站在原地，握緊拳頭，一方面是戒備著瑞文，一方面是為了自己的怯懦無能感到沮喪。在瑞文面前，他是如此渺小而孤單，他的教士不在他身邊，萊特也不在，黑萊塔內的任何人都不在。

威廉感到弱小無助，而且孤獨。

「你回來做什麼，瑞文？」威廉抱緊自己，又退後了一步。

「我只是……想回來拿點東西，當初被教廷扣留的、那些屬於我的東西。」瑞文說，他的語氣真誠：「我想將那些東西要回來，就只是這樣而已。」

「你想拿什麼？」

「私人的東西。」瑞文避重就輕。

這時的威廉還不知道瑞文所指的「東西」是什麼，竟然重要到讓他必須回教廷一趟。

「但你現在是教廷通緝的對象，如果你回去，他們會馬上把你抓起來，然後燒死你！」威廉恫嚇著。

「我知道，我被燒過一次。」瑞文仍然神態自若。

「也許我現在就該把你抓回去。」威廉威脅。

「你想把我抓回去？光靠你自己嗎？」

他們都明白這是不可能的事情。

「這不好笑！我有這個能力！」威廉仍然嘴硬，他咬緊下唇，猜想著瑞文會繼續笑話他。

「也許你有吧？等你再長大一點，巫力更成熟一點……或許你真的有辦法抓住我。」然而瑞文並沒有如他所想地譏笑他，他只是微笑著，然後對他說道：「畢竟你擁有我們其他人都沒有的特殊能力，你很特別，威廉。」

習慣了黑萊塔男巫們的反唇相譏和恥笑，瑞文直接明瞭的稱讚反倒讓威廉一時不知道該如何回應。

他怔忡地站在原地，手足無措地瞪著眼前的俊美男巫。

「我只是感到很遺憾……」瑞文說，他的影子在光線變換間不斷拉長延伸，不著痕跡地接近威廉。

「遺憾什麼？」

「遺憾我離開之後，教廷控制你們控制得這麼徹底，而我卻無能為力。」瑞文的表情同時露出了失望與同情。

「別胡說！我才沒有被控制！」威廉為自己辯解。

「那為什麼都這種時候了，你卻還想著要抓你的同族回去給他們交差呢？」瑞文問。

「因為你……因為你當初做出了嚴重違反禁忌的事情！你還逃離教廷不願接受審判！」

「那麼你知道我究竟做了什麼，又為什麼會這麼做嗎？」

「我……」威廉並不清楚，他知道血鴉瑞文摘了某人的腦袋，傳聞裡也總說是罪大惡極之事，卻從沒提過究竟是什麼事導致了一切罪孽的發生。所有人都認為瑞文本身是邪惡的，他遺傳到了母親的瘋狂，即便此刻的瑞文在威廉眼裡看起來是如此地清醒與理智。

威廉注視著瑞文的雙眼，不像傳聞裡那樣地混濁汙穢，而是像紅寶石般清澈透明。

「你不了解我，也不了解背後究竟發生過什麼事。」瑞文說。

「違規就是違規了，你是教廷通緝的罪犯，而我是黑萊塔的……」

「威廉。」瑞文打斷威廉，他輕輕蹙攏眉心：「你有聽過自己的語氣嗎？你聽起來就像那些鷹派的教士。」

「我……」威廉咬住下唇。他的語氣聽起來確實像個鷹派教士，而且就和格雷一模一樣。

「你被分派到了一個鷹派的督導教士，是不是？」

被猜中的威廉一時語塞。

「告訴我，威廉，這名鷹派的督導教士對你好嗎？」瑞文又問。

威廉不說話，他緊緊地抱著自己。

「如果他對你不錯的話，為什麼你現在會獨自一人在外遊蕩呢？看起來還這麼悲傷……」

「為什麼提到這些？不要轉移話題……」回想起在他面前追著柯羅離開的萊特，威廉感到異常難受，他搖搖頭：「你到底想做什麼，瑞文？」

浮雲遮掩住太陽，一陣陰影籠罩住威廉，當他再次抬起頭時，瑞文竟然已經站到了他面前。

「我有事情想請你幫忙。」瑞文將雙手按到威廉肩膀上。

威廉的雙肩被牢牢按住，但沒有想像中那麼有侵略性。他看著瑞文，年輕男人近看更加漂亮了。恐懼並沒有如預想中地襲來，相反，威廉只是感到無所適從。

「不過在說這些之前，我想先敘敘舊。」

「什麼？」

威廉看著瑞文自說自話，笑得一臉天真無邪。

「為了表示我的誠意，你願意跟我約個會嗎，威廉？」

沒料到會得到這種邀約，威廉愣住了。瑞文肩膀上的渡鴉則是無奈地搖了搖頭，用翅膀拍著自己的腦袋。

「她的狀況還好嗎？」

約書面色沉重地望著病床上的蘿絲瑪麗，她依舊沉睡，和病床一起被古怪的藍紫色花草簇擁著。

在聽聞蘿絲瑪麗在這一次風波裡受傷之後，約書暫時強壓下怒氣，先一步趕來探望這位年長的女巫。只是他沒能查看女巫的狀況太久，那隻不斷踱步、情緒焦躁的黑色使魔就對他發出了嘶嘶聲。

伊甸皺起眉頭，烏洛波羅斯在他身後也跟著嘶嘶鳴叫，直到約書對它們搖頭。

「目前算是穩定下來了。」榭汀手裡拿著毛巾替蘿絲瑪麗擦了擦臉，捏碎幾朵花瓣擠出汁液抹在她的唇上。

「她什麼時候會清醒？」暹因輕輕舔著蘿絲瑪麗的臉，鼻頭間發出哀鳴。

榭汀看著病床上的黑色大豹，不過是短短一天，牠的毛色看上去已經暗淡無光。

「她會醒的。」榭汀說，但其實他並不知道答案。

暹因沒有再說話，牠依偎在蘿絲瑪麗身邊，像個忠誠的守護者。

「等蘿絲瑪麗清醒後我會帶她回去休養，但以目前的狀況她必須先待在這裡。」榭汀對約書說。

「沒問題，你們想使用醫護室多久就多久，有任何需要再跟我說。」在確定蘿絲瑪麗狀況穩定後，約書才稍微安心了點，他招招手，讓伊甸攙扶他坐下。

榭汀點點頭，拿著草藥和繃帶，很快地替約書包紮好受傷的腳，並做簡單的固定。

「好了。」

「就這樣？」約書看著自己的腳，他試圖站起來，但很快又坐了回去。

「我還以為我應該馬上就能跑一千公尺。」

「你這是一般腳傷，又不是中了巫術，通常只有中了巫術的病人我才能迅速治好。」榭汀沒好氣地看了約書一眼，他起身，用毛巾擦手。

「慘了慘了，原來你是個蒙古大夫嗎？我要瘸了，伊甸，我要瘸了。」約書拉著伊甸喊道。

榭汀和伊甸從沒看過有人能夠將面癱和戲劇性格兼具得如此完美，毫無衝突感。

「別擔心，我是巫醫，不是什麼蒙古大夫；比起一般醫生，你這點傷我還是能治療得更快更好，很快你就能活蹦亂跳了。」榭汀故意拍了拍約書的大腿。

約書縮了一下，在他又要抓著伊甸哭天喊地之前，伊甸輕輕按住了他的肩膀讓他安靜：「確定約書這樣就沒事了嗎？」

榭汀看著伊甸如同蛇般的金色瞳孔，他歪了歪腦袋，因為纏著約書的伊甸有一瞬間看起來就像蛇一樣，甚至比烏洛波羅斯還要更加冰冷。

沒多說什麼，榭汀保證：「約書很好，他不會瘸，但他真正需要的其實是休息。」

伊甸看向約書。約書確實需要休息，在所有人忙著處理丹鹿身上的蠍毒時，所有工作都被他獨自攬了下來。他這幾天不知道加了多少班，幾乎沒怎麼休息過。

「好是好，但要等我教訓完外面的那幾個笨蛋之後。」約書依然雙手環胸，又露出了那種讓烏洛波羅斯們也不禁顫慄的微笑。

「說到這個……」榭汀停下手上的動作，提醒約書：「丹鹿還不太清楚蘿絲瑪麗的狀況，也不知道她是在他被朱諾控制時受傷的，所以待會別太追究這件事好嗎？他的腦袋才剛恢復，我不想讓他馬上就內疚到腦袋又壞掉了。」

「這有點難辦到，畢竟我還在氣頭上。」

榭汀聳肩，提出交換條件：「或許你可以對萊特或格雷壞一點？」

「這倒是可以考慮。」約書摸了摸下巴，認真地考慮榭汀的意見。

榭汀搖搖頭，從口袋裡掏出幾包草藥遞給伊甸：「這些泡成熱茶，加點砂糖後給你的搭檔喝，這會讓他感覺好一點；另外確保你的伙伴按時休息，不然接下來那一床可能要讓給他了。」

伊甸頷首，收下藥草包，然後將還在碎碎念的約書扛起。一旁完成任務的烏洛波羅斯們，最終咬住了自己的尾巴，將自己吞噬殆盡。

「蘿絲瑪麗病得很嚴重嗎？」

丹鹿一臉擔心地站在醫護室外觀望，但大學長和榭汀要他們在外面等。

「可能是太累了，榭汀說過她現在已經好多了，不要這麼擔心。」萊特安慰著丹鹿。

「但我想進去看看她。」

「蘿絲瑪麗需要休息，可能暫時不要有這麼多人打擾她會比較好。」

「……是這樣嗎？」丹鹿總覺得怪怪的。

「對，你不要去煩蘿絲瑪麗，乖乖待在外面就好。」柯羅坐在位子上，一臉倦容。

「你還好嗎？」萊特問。

在他們連著兩天下地獄又進入丹鹿的腦子裡對付那個狡猾的朱諾之後，不難看出大家都累了，尤其是在記憶中被朱諾刺了一下的柯羅。

「沒事。」柯羅說道，可是卻打了個大呵欠。

萊特揉了揉對方的腦袋，才剛抬起頭，卻又對上了另一雙紅眼睛。

賽勒抱著他的玻璃罐靠在牆上，一臉很有興致地看著站在他對面的萊特。從引導他們進入丹鹿的腦海之中，並試圖闖進他的記憶裡窺探他過去的記憶後，賽勒就一直對萊特展現出了高度的興趣。

通常萊特是盯著別人，把別人盯出一身雞皮疙瘩的那個人，但這次他卻主動別開了視線。

發現金髮教士迴避他的視線之後，賽勒勾起嘴角，耳邊卻忽然響起細碎的雜音：「你和小蕭伍德之間究竟發生了什麼事？在你們昏迷的那段時間裡，你究竟做了什麼？或是……他做了什麼？」

賽勒往肩上一瞥，一隻小蜘蛛正沿著天花板垂吊而下，試圖降落在他的肩膀上替牠的主人傳遞祕密。

賽勒又抬頭看向不遠處正在和卡麥兒交頭接耳的絲蘭，卡麥兒手裡依然緊緊抱著那把獵槍，彷彿只要賽勒膽敢有太大的動靜，她就會一槍射過來，而且頭抬也不抬。

看著絲蘭無意中瞥過來的視線，賽勒知道對方急於窺探祕密的老毛病又犯了，於是他微微微一笑——一隻蠍子忽然從賽勒後頸竄出，拱起牠帶有毒刺的尾巴，嚇得那隻準備降落在賽勒肩上的蜘蛛連忙逃竄，一路跳回絲蘭身邊。

絲蘭不著痕跡地將蜘蛛藏回耳後，他危險地瞪著賽勒，賽勒卻只是笑笑地用食指抵住了嘴唇。

有些祕密要等他查出真相之後才有價值，現在他還不打算和任何人分享。

這時，包紮好傷口的約書和伊甸終於從醫護室內走了出來，後面跟著神色從容的榭汀。

丹鹿盯著榭汀，用眼神詢問狀況，榭汀卻只是朝他微笑，什麼也沒表示。

「瓦倫汀你過來！」被伊甸攙扶著的約書開口打斷了丹鹿和榭汀的眉來眼去。

被點名的丹鹿一顫，小心翼翼地靠近約書，他已經做好了像吐司一樣被大學長撕成碎片餵鴿子的心理準備，畢竟這次的事情是因他而起。

只見約書抬起手來，丹鹿下意識地想要閃躲，約書卻只是將手放到他的腦袋上。

「你都沒問題了嗎？腦袋也清醒了？不用回鄉下或是嫁到暹貓家當媳婦了？」約書問。

丹鹿愣了愣，疑神疑鬼地看著大學長，隨後肯定地點點頭：「都處理完畢，沒有問題了，我可以繼續擔任黑萊塔的督導教士。」

「非常好。」約書的表情難得柔和下來，但也就是幾秒鐘而已。

下個瞬間，約書手指併攏，原本放在丹鹿腦袋上的手變成手刀，直接一掌劈在他的腦袋上。

「現在！我要繼續和你們算剛剛算到一半的帳了！」

「還、還沒算完嗎？」萊特、丹鹿和卡麥兒異口同聲，三個人瞬間站直了身體。

「廢話！你們毀損公物、擅自行動還引狼入室，這是寫報告和悔過書就能解決的事情嗎？」約書冷著臉說：「接下來你們這群黑萊塔的教士要準備被禁假了！我有很多工作要分派給你們，還有，接下來我們要好好談談真正嚴重的問題……」

眾人隨著約書的視線往後方看去，賽勒手裡正拿著不知道哪裡偷來的小湯匙，「鏘」的一聲敲響了自己懷中的玻璃罐，隨後才慢悠悠地抬起頭來迎向他們的視線。

「現在所有人到我的辦公室集合！現在！」約書命令道。

CHAPTER 4

箝制約定

「到底有沒有人能告訴我格雷和威廉去哪裡了？」約書皺著眉頭，今天大概是他有生以來皺眉頭皺過最多次的一天。

「別管威廉那個欠揍的傢伙，那傢伙大概是跑去哪裡哭哭啼啼了！」雙手環胸的柯羅一臉不屑地插嘴。

「什麼？為什麼？」約書發現自己似乎又錯過了什麼事情。

「可能是有點自責他讓我們去地獄的時候不小心出了點小差錯。」萊特急忙接話，避重就輕。

「那格雷呢？」約書又問。

一旁的絲蘭「哈」了一聲：「大概還要一陣子，那傢伙太煩人，所以我把他送去西伯利亞……」

「西伯利亞餐館！」卡麥兒咳了兩聲後，接過絲蘭的話。

卡麥兒和萊特都很清楚，現在最好不要讓大學長再為其他事情煩惱。

「靈郡有這家餐館？」好在約書並沒有繼續追究這件事，他只是困惑地歪了歪腦袋，隨即又搖搖頭：「算了，這都不是重點，如果看到這兩個人，就叫他們立刻來找我報到。」

「是的，大學長。」

「現在我還有一個最重要的問題——為什麼這傢伙還在這裡？」約書指著他們眼前像個觀光客一樣四處參觀他辦公室的賽勒。

「這裡甚至比剛剛榭汀的辦公室更大，我們當年真是吃虧啊，是不是？」賽勒一邊評論著，一邊和他懷裡的玻璃罐說話。

脖子上又冒出青筋的約書命令：「解釋一下，萊特！」

「是賽勒幫我們徹底除掉鹿學長身上的毒液的。」萊特說。

「我知道！但讓一名已經被教廷除籍的男巫進入黑萊塔是一項大忌！你們到底曉不曉得事情的嚴重性？如果被教廷發現後果有多嚴重你們考慮過嗎？」約書問。

「可是當時我們別無選擇。」榭汀說。

「對，當時除了我，你們沒有任何人能幫忙治好這個教士。」

賽勒不知何時出現在丹鹿身邊。他一手壓著丹鹿的腦袋，懷裡玻璃罐內的黑色液體也不斷朝丹鹿的方向攀爬著瓶身。

「讓那東西離我遠一點！」可憐的丹鹿心理陰影太重，急忙跳到萊特身後躲著。

賽勒也不介意手上的老鼠逃跑了，他看著約書，挑眉道：「我救了你的教士，而你沒有要感謝我的意思，反而還想趕我走是嗎？克拉瑪，如果我今天是個教士或平民，你可能還會頒發獎狀給我呢。」

「我只是強烈懷疑你來這裡有其他目的意圖。」約書說得很直白：「你背棄教廷這麼久，忽然回來一定有什麼原因。」

「確實，我是為了分靈手術而來的。」賽勒也很直白。

「分靈手術？」約書不解。

「啊，抱歉，我們還沒和你更新到這項消息……」萊特一臉不好意思地搔搔臉，這才向約書解釋了前因後果，以及賽勒以分靈手術作為幫助他們的交換條件的事。

接著他們只看見原本已經稍微消氣的約書臉又越來越黑。

「為什麼你們要答應這種蠢事！攤上針蠍家一次就讓我們吃足了苦頭，你們還搞第二次？我真的是會被你們氣死。」約書氣得頭又痛了，連榭汀給的藥草都沒有效用。

「你打算和你的兄弟分開嗎？」賽勒的話引起了伊甸的關注，「為什麼？」

「這是私事，我並不想告訴你，毒蛇……總之我是為了這件事而來，也和榭汀做了交易，現在他必須履行承諾。」賽勒說。

「這是我們私下的協議，不會影響到黑萊塔的正常運作。」榭汀說。

「話都你們在說就好。」約書咬牙切齒地揉著發疼的太陽穴。

雖然對分靈手術抱持著強烈的反對意見，但此刻的約書也明白自己沒辦法直接命令針蠍滾回家吃自己，這群教士和男巫把情況搞得一發不可收拾，他被強迫著只能想辦法面對這原本並不需要面對的風險。

「要做分靈手術就做吧。但我先說好，這是我們共同的祕密，針蠍進入黑萊塔的事不能被教廷知道，你們誰也不准透漏半點風聲。」約書對著黑萊塔的教士和男巫說，「尤其是你，絲蘭。」

「當然，別忘了男巫最擅長保守祕密。」絲蘭哼了聲，「除非有人想要交換情報，我也許會考慮……唔！」

被卡麥兒肘擊了一下的絲蘭閉上了嘴。

約書嘆了口氣，重新看向榭汀：「那現在呢？你們何時要動手術。」

「分靈手術是個大手術，我之前沒有動過，所以需要一點時間研究，可能還要蒐集材料。」榭汀說。

「你需要多久時間？」約書問。

「最快的話三到四天。」

「而這三到四天我會留在這裡監督你們。」賽勒插嘴。

「你什麼？」約書臉上的青筋又跑了出來。

「回答你一開始的問題，這就是為什麼我現在還在這裡的原因——你不信任我，我也不信任你們。」賽勒說。

「教廷和教廷的男巫從不背信和說謊。」約書說。

「真的是這樣嗎？」賽勒看著約書，臉上露出了輕蔑的笑容：「我很清楚，如果我獨自離開黑萊塔，你們絕對不會讓我帶著我兄弟的碎片一起離開。」

「確實。」榭汀瞪著賽勒手上的玻璃罐，沒人知道如果讓賽勒將朱諾殘存的碎片帶回去會發生什麼事；況且，他根本還沒折磨夠對方。

「所以在分靈手術進行之前，我不願意將我的兄弟獨自留在這裡。」賽勒重申：「我說過，我不信任你們，誰知道你們會不會對我的兄弟下手呢？你們大可以趁這個機會一起除掉我們兩個。」

「這種事是不可能發生的。」

「你的男巫就會建議你這麼做。」賽勒意有所指地看向伊甸。

「黑萊塔的事務是我在決定，為什麼要扯到伊甸身上？」約書不滿地皺起眉頭，看向伊甸。

銜蛇男巫並沒有為自己辯解，只是冷著一張臉，彷彿他真的有這個意圖，而且被賽勒猜中了。

「不管怎樣，為了我自己的安全著想，我是不會輕易離開的。」賽勒的語氣很強勢。

約書沉默了，賽勒明白這位資深的督導教士一定也發現了他的說法不是沒有道理。

賽勒繼續談判：「但只要分靈手術一結束，我就會馬上離開，到時候這傢伙也可以留給你們，隨便你們要怎麼拷問。」他拍了拍手裡的玻璃罐。

玻璃罐裡的黑色液體又顫了兩下。

「我們要怎麼相信你這段時間不會搗亂？」終於，約書的態度鬆動了。

但與此同時，賽勒也失去了耐性。

「嘖，黑萊塔的人就是麻煩，像群膽小的雛雞一樣。」

「你說什麼？」

「我說……我已經沒有耐心了，如果你們真的還有疑慮的話，就和我做個有威脅性的箝制約定吧？」賽勒對約書說，卻朝伊甸伸出了手，「如何？」

「那是什麼？」約書看向伊甸。

「記得我和你提過的，能讓林區半句話都說不出來的那種巫術嗎？」伊甸說：「那就是一種巫族間的箝制約定。」

「怎麼樣？願不願意和我約定呢？」賽勒笑道，手依然伸在半空中。

「你就不擔心我下了一個嚴厲的違約後果？」

「我早就有心理準備，毒蛇……再說了，我下的違約後果也不一定比你的輕鬆，所以問題在於你，你有膽子和我玩嗎？」

伊甸看著賽勒的手不說話。

「伊甸，等等……」

約書覺得這個約定太荒唐了，但他話都還沒說完，伊甸和賽勒就握上了對方的手臂。

瑞文在甜點櫃前猶豫不決地挑選著甜點。

店員站在甜點櫃後不自然地笑著，並且耐心地等待著眼前這位客人挑選他想要的甜點。

靈郡的大街上，行人熙來攘往地經過這家靈郡市數一數二的高級甜點店，但沒人注意到裡面的不對勁，他們只能看到門上掛著「今日公休」，以及「女巫及男巫禁止進入」的牌子。

威廉不自在地坐在甜點店裡最好的位子上，落地窗前，只有他和那隻從金毛大狗變成的黑色渡鴉。

瑞文已經跑去挑甜點挑很久了。

「不用這麼緊張，瑞文不會對你做什麼的。」終於，渡鴉打破了沉默。

「你會說話？」威廉詫異地看著桌上的渡鴉，隨後才恍然大悟：「你是個……變形者？」

威廉原本以為是瑞文對他的信使下了什麼巫術，眼前的渡鴉才能隨意變換外型，他怎麼也沒想到對方居然是個罕見的變形者。

身為變形者的流浪巫族最容易被非法的獵巫人發現，幾年前就已經慢慢消失了。

「對，我是個男巫，變形者，同時也是瑞文的追隨者。」渡鴉說。

追隨者，從什麼時候開始叛離的逃犯還有了追隨者呢？威廉思索著。

「你叫什麼名字？」

「亞森。」

「幾歲？」

「跟你差不多。」

威廉和亞森一來一往地聊著。和瑞文不同，也許是他可愛的動物外貌，威廉對亞森的距離感沒有像和瑞文那樣遙遠。面對威廉的詢問，亞森也還算有耐心。

「你開始換成領帶了？」

「不，再過一個月才有，瑞文說會買給我。」渡鴉亞森用鳥喙順了順他的羽毛。

威廉有點羨慕。男巫十七歲正式成年後都能獲得一條領帶，領帶通常由母親或督導教士贈送。威廉的母親早已不在世，格雷大概連這項習俗都不清楚。

沒有人會送威廉領帶。雖然他曾經暗自期待著萊特可能會細膩到注意到這點，但現在什麼可能也沒有了。

「你能變回原本的樣貌嗎？」

威廉轉移了讓人心情不好的話題，他很好奇這個和他同齡的亞森原本長什麼樣子。

「蛤？現在嗎？」亞森眨了眨一雙黑溜溜的綠豆眼，他拍拍翅膀道：「我才不要。」

「為什麼？」

「我……」亞森有點猶豫地跳了兩下。

「你是醜八怪嗎？我不會在意這個。」威廉說。

「才不是！我只是不能連衣服一起變形，我的巫力還沒有這麼細膩。」亞森說，他下意識地用翅膀遮住自己的身體。

「意思是如果你現在變回人形的話……」

「我會是裸體的。」

威廉笑出聲，他遮住自己的嘴試著忍住，但還是笑了出來。

「你這樣很失禮。」亞森搖著頭。

「抱歉。」

威廉也不知道自己怎麼了，他揉掉眼眶裡的水氣，正打算再和亞森多說些話時，瑞文端著甜點出現了。

「你們看起來聊得很開心。」

威廉放在大腿上的手再度蜷成拳頭，面對這個很陌生、身上卻有著和柯羅一樣熟悉氣味的男人，他不知道該怎麼應對。

當瑞文提出要約會時，他也拒絕不了，不知不覺就被拉著跑進了市區。

威廉本來以為瑞文所說的「約會」有什麼其他的含意，或是想脅迫他做什麼他不想做的事情；但現在看起來，似乎真的只是一場普通的約會而已。

「我不知道你喜歡什麼，所以我都端來了。」瑞文手裡一次端著很多甜點盤，有些看上去快摔在地上了，千鈞一髮之際，被旁邊正在窮緊張的亞森救了下來。

一個笑容不自然的服務生端著茶水過來，禮貌地替他們斟上了熱騰騰的紅茶。

「快試試，聽說他們的千層蛋糕很有名。」瑞文興奮的模樣像個單純的孩子。

威廉看著向他遞來刀叉的瑞文，對方眉宇間和柯羅是如此地神似。

接過刀叉的威廉沒有動作，他低頭看著滿桌的精緻甜點。他知道這是間很有名的甜點店，除了東西精緻昂貴外，還以反女巫出名，所以他從沒踏足過這裡。

格雷倒是這裡的常客。

這時威廉注意到服務生在服務完他們之後又回去做自己的事了，就像機器人一樣，不斷重複做些相同的工作。整間店的店員都是，結帳的不斷結帳，擦桌子的不停擦桌子，就像是被人擺弄的玩偶一般。

從瑞文帶著他進到店裡後，整間甜點店裡的人就一直表現得很奇怪，本該趕他們出去的經理也變得異常客氣。

這應該是瑞文的傑作。威廉心裡猜到了七八成，他只是訝異於瑞文的巫力竟然強大到這種地步，這和柯羅是完全不同的程度。

「不喜歡甜點嗎，威廉？」瑞文的聲音喚回了威廉的注意力。

威廉抬起頭，瑞文已經自顧自地享用起甜點，神情看上去相當輕鬆愜意，嘴角還沾著奶油，一點也沒有窮凶惡極的通緝犯該有的模樣。

「抱歉，因為你看起來很適合這種漂亮可愛的東西，我以為你會喜歡這種地方。」瑞文說著，看上去甚至有點小心翼翼：「如果你不喜歡的話，也許我們可以換個地方？」

「不，不用了……」威廉猶豫了一會兒，他拿起刀叉，優雅地分解放在他面前的蛋糕，「我確實喜歡甜食。」他補充。

「太好了！」瑞文看上去鬆了口氣。

威廉不知道瑞文究竟想幹嘛，他一小口一小口地吃著甜點，氣氛沒有先前那麼緊張了。

「好吃嗎？」瑞文問。

威廉抬起頭來，對方像看可愛動物一樣看著他，旁邊都冒起了小花似的。

「嗯。」威廉點頭。

「我口袋裡還有一些漂亮的小店名單，我們下次可以一起去。」瑞文繼續自顧自地說著，而旁邊的亞森被分配到了一個和他等身大的蛋糕。

威廉握緊手上的刀叉，停止用餐，終於鼓起勇氣再次詢問：「你到底想做什麼，瑞文？」

「什麼？」

「如果你真的想敘舊的話，為什麼不直接回去找柯羅？」威廉的疑問讓瑞文也停下了刀叉。

瑞文用指腹抹掉嘴邊的奶油，搖搖頭：「現在還不是時候。」

「什麼意思？」

「威廉你大概不太清楚，但在我離開教廷和柯羅之前，發生了一些小事讓我有點生氣，所以我曾經在柯羅面前發了很大的火……這可能讓柯羅現在對我有一點點抵觸，就一點點。」

瑞文的語氣輕描淡寫，還刻意強調著「一點點」。

「我擔心我現在就去找他的話，他會馬上跑掉，而且他身邊幾乎都黏著那個金髮教士——萊特．蕭伍德。」

提到萊特的名字時，威廉瞪大了眼睛。

「怎麼了？你和柯羅的教士很熟？」瑞文用雙手撐著臉頰問：「對方是個什麼樣的人呢？」

「我現在不想談他們。」

「和柯羅他們吵架了嗎？我還以為你是和你的教士吵架才跑出來的。」

威廉盯著桌上的甜點不說話，瑞文微笑，知道自己大概猜中了七八成。

「你在黑萊塔的日子是不是不好過？我記得嗚蟾家現在只剩下你一個人，你又被分派到了一名鷹派教士，很辛苦吧？」

「我說了我不想提這些。」威廉看向瑞文，放下刀叉將眼前的甜點推開：「你直接挑明說吧，你到底想要我做什麼？我知道你帶我來這裡，對我說那些甜言蜜語只是想利用我而已，根本不是想敘什麼舊！別把我當笨蛋！」

面對發怒的威廉，瑞文沒有第一時間反駁，他只是靜靜地看著他，整間店裡原本像機械一樣辛勤工作的店員們也在一瞬間停止動作。

威廉看見窗外的白天一瞬間變成黑夜，太陽像被吃掉了一般，行人們紛紛吃驚地盯著天空交頭接耳。

一股顫慄爬上威廉的頸子，他僵硬地看向面無表情的瑞文，對方在一瞬間帶給他的恐懼，竟讓他肚子裡的東西也退縮了。

不過那股壓迫的恐懼只維持了短短幾秒，外面的天色也瞬間變回了原本明亮晴朗的模樣。

「別這麼說，我並沒有利用你的意思，我帶你出來玩純粹是因為我想帶你出來玩，真的要利用你的話，我可以動動手指強迫你就好了。」瑞文一臉委屈，他舉起食指畫圈圈。

威廉在不受自己控制的情況下，拿起叉子，將盤中蛋糕上的草莓叉起，餵給了坐在對面的瑞文。

「看！」瑞文咀嚼完草莓之後，那股箝制著威廉的力量也消失了。

威廉握了握自己的手指，被操控的感覺讓人非常不舒服。

「我確實有點事情想請你幫忙，但我不會強迫你，我不是那些自以為是的鷹派教士。」瑞文舉起雙手，彷彿在告訴威廉自己很無害一樣。

「你到底想要我幫你什麼忙？」威廉問。

「我希望你能幫我喚醒某位女巫的亡靈。」瑞文說。

「女巫？不行，先不說我願不願意幫你，喚醒女巫亡靈這件事我根本辦不到。」威廉搖頭。

上次光是要喚回里茲的亡靈就失敗得非常難看了，威廉現在根本沒有能力將力量強大的女巫亡靈拉回來。

「不，你太小看自己身為鳴蟾男巫的本事了，威廉。」

「你不懂，你根本不知道我的狀況。」威廉咬緊下唇。

「事實上，我認為我懂。」瑞文卻說，「你才剛要成年，你還在適應你逐漸強盛的巫力，可是你的母親已經不在你身邊了，而你身邊唯一有的還是一個只會壓迫你的鷹派教士，根本沒人能指導你怎麼運用巫力。」

威廉無法反駁，因為瑞文幾乎說中了所有的事。

「和你一樣，我也有過類似的經驗，我知道自己獨自一人有多辛苦，我們都需要一個能帶領我們的人。」瑞文喝了口熱茶，低垂著眼眸，不知道是想到了什麼人，他停頓了一下才抬起眼來。

威廉不說話，他低著頭，手指緊緊掐著自己的大腿。

「如果你願意幫我的話，別擔心，我會帶領你。」瑞文說。

威廉抬起頭來，錯愕地看著瑞文。

「首先呢，我會教你怎麼控制自己的巫力，再教你怎麼變得強大。」瑞文自顧自地說著，就像在跟熟識的朋友聊天：「也許我還會教你怎麼做出好吃的鬆餅，我會做世界上最好吃的鬆餅喔！」

「你認真點。」亞森用翅膀拍了瑞文一下。

「我很認真。」瑞文嘟著嘴說。

「你的目的是什麼？」威廉打斷了兩人的鬥嘴。

「我說了，我知道自己獨自一人有多辛苦，所以我們都需要新朋友。」瑞文聳肩。

「我是黑萊塔的男巫！」

「所以？」

「我應該……我應該……」

「應該忠誠於教廷、忠誠於你的教士嗎？」瑞文嘆息。

「不，我應該離開了。」威廉起身，他的心緒太混亂，現在沒辦法思考任何事。

瑞文搖搖頭，微笑著：「沒關係，我說過我不會強迫你，我會給你時間考慮。」

「瑞文、瑞文。」亞森在一旁打岔，他急切地跳著，似乎在提醒瑞文什麼事。

「我知道……」瑞文用手指輕輕搓了搓亞森的腦袋，隨後他伸手一把抓住了威廉的手臂。

威廉嚇了一跳，他想退後，纖細的手臂卻被瑞文緊緊抓住不放。

「我很抱歉，但在你離開前，我們必須確保你不會把我們供出來……」瑞文面帶歉意地說，他看著威廉：「所以通常我會在和我見過面的人身上下咒，以確保他們能夠乖乖閉嘴，不透露我的任何消息。」

威廉愣住了，他腦海裡忽然閃現林區在異端審判庭上的慘烈畫面，對方也是在準備供出某人時，嘴巴被奇怪的力量縫上了。

「林區的那件事……是你嗎？」威廉問。

瑞文笑而不語，他仍牢牢地箝制著威廉的手臂。

威廉面色鐵青，身體開始顫抖起來，他恐懼著發生在林區身上的事情接下來也會發生在自己身上。

然而……

瑞文看著全身顫抖的威廉，遲遲沒有下咒，他只是反覆琢磨著威廉的神色，最後鬆開了對方的手臂。

「不過我並不打算對你這麼做。」瑞文牽起威廉的手，在對方的手背上落下一吻。「我相信威廉不會把我們之間的事情說出去，對不對？」

威廉怔愣，他觸電似地收回手，指腹磨蹭著被親吻的地方。

「我要走了！」像是忽然回過神似的，威廉急忙拿著斗篷大衣匆忙往門口離開。

「威廉！」瑞文叫住他，對著他揮揮手：「你可以好好考慮一下我的提議，我會再找時間問候你。」

威廉回頭看了瑞文一眼，最後奪門而出。

「啊，真的就這樣走掉了。」瑞文的手停在空中。

「你是笨蛋嗎？要什麼帥啊！為什麼不下個箝制約定？萬一他跑回去告密怎麼辦？」亞森急得直跳腳。

「我是真的不覺得威廉會說出去啊，我的直覺向來很準，就像我當初認為你會是好伙伴一樣。」瑞文倒是很有自信。

「唉，你真的是……」亞森搖搖頭，沒聽信對方的甜言蜜語。他瞪了瑞文一眼，拍拍翅膀飛下餐桌，轉換成一隻黃金獵犬，逕自跟在威廉後面跑出了大門。

瑞文只是笑笑，沒說什麼，一個人坐在餐桌上悠閒地獨享著所有蛋糕，還拿出手機拍照，並且傳給家裡還在受苦受難的那個人。

沒多久，瑞文就收到了簡訊回信。

朱諾：去吃屎吧你去吃屎吃屎和我兄弟、榭汀還有那群教士一起去吃屎！

瑞文：巧克力蛋糕？

朱諾：順便去死一死！

同樣是朱諾：草莓千層。

瑞文笑出聲，將手機收回口袋，他舉手點餐：「麻煩幫我外帶一份草莓千層。」

CHAPTER 5

窺探

不顧約書的制止，賽勒和伊甸握著對方的手臂，同時在嘴裡呢喃著——

「不准搗亂，不許做出任何危害教廷以及黑萊塔的事，這段期間你與我們利益一致，違反承諾你將臟器外露，肚破腸流，痛苦至死……」

「不准耍小心眼，不許做出任何危害針蠍家的舉動，必須保證我在這裡的自由與人身安全，這段期間你們與我利益一致，違反承諾你將失去你的眼球、四肢與聲音，痛苦存活……」

語畢，男巫們握著對方手臂的地方隱隱約約發出了詭異的綠色光芒，那陣光芒緩緩移動著，由一方爬向一方的手臂。

萊特他們親眼看見賽勒和伊甸臉上的血管浮現黑青色，猶如密密麻麻的枝芽，但只維持了幾秒鐘的時間。

「伊甸！」約書又喊了聲。

兩名男巫在此時放開了對方的手臂，他們沒有人理會約書的叫喊，而是捲起袖子確認自己手臂的狀態。

伊甸的手臂上有隻蠍影浮現，賽勒的手臂上則是被一隻蛇影纏繞，但也在轉眼間消失在他們的皮膚之下。

「那麼我們就約定好了。」將捲起的袖子放下，扣好袖釦，賽勒再次向伊甸伸出手。

「我們約定好，握手就不必了。」伊甸冷冷地瞥了賽勒一眼後，逕自整理著衣袖，轉過頭對約書說：「接下來你可以不用擔心他了，這段期間他會安分守己。」

「你到底做了什麼？」約書不敢置信地看著伊甸。

「我只是幫你把事情簡化而已。」伊甸說。

「好了好了，約定都做了，我們可以散會了吧？」絲蘭在一旁拍著手催促，他已經工作了將近整整兩天，昨晚睡覺時還被小仙女壓在身下，他現在全身的骨頭都在痠痛。

「等等……」

「不用等，你的男巫已經做出了最好的保證，賽勒暫時不會有任何可疑的舉動，你把他丟給那隻瘋變色龍看顧都不會出事。」

絲蘭擺擺手，他挽住一旁小仙女的肩膀，手杖隨便一敲，約書辦公室的黑色長櫃就替他打開了返回宅邸的大門。

「我需要休息，如果沒事暫時不要找我。」

絲蘭咬緊牙根，轉過頭的剎那他的臉部瞬間老化又瞬間變得稚嫩，只是他藏得很好，並沒有被任何人發現。

「我們就這樣回去了嗎？可是學弟他們……」小仙女話還沒說完就被推進了鐵櫃中。

絲蘭回頭看了賽勒一眼，對方向他俏皮地揮手道別，卻惹來了他嫌惡的瞪視。其實他急於知道賽勒和萊特之間的小祕密究竟是什麼，但身體真的已經撐不住了。

所以必須之後再找機會了……絲蘭心想。隨後，他頭也不回地消失在鐵櫃之中。

鐵櫃的門被「砰」的一聲關上，將剩下的人留在大學長肅殺的氣氛之中。

萊特和丹鹿尷尬地看著正不悅地瞪著伊甸的約書，以及完全不在乎約書瞪視的伊甸。

黑萊塔家長級別的兩位鬧脾氣比什麼都還來得恐怖。

「那麼，事情既然解決了……」賽勒很不會讀空氣地打破沉默，他看向萊特：「該帶我離開這個無聊的辦公室，去四處晃晃了吧？」

「咦？」被點名的萊特頓時呆愣。

「由你負責監督我，不是嗎？」

「蛤？」

「等等等等為什麼是萊特？」

流浪男巫主動給黑萊塔的督導教士監督看管，這根本是前所未聞的事情。丹鹿和柯羅紛紛探出不贊同的腦袋，尤其是柯羅，他的表情像被激怒的小狗。

「你給我去黑萊塔底下的地窖待著就好！」柯羅大步一跨擋在萊特前面。

「你在我們中間看起來像根很短的熱狗。」賽勒低頭看著柯羅，做出了這樣的評論。

「熱、熱……你說什麼！」在賽勒無厘頭的發言讓熱狗柯羅炸開之前，萊特和丹鹿四隻手聯合從後方箝制住柯羅。

萊特和丹鹿一臉抱歉地看向約書，還以為又會迎來大學長的一波責問，但約書只是面色凝重地嘆了口氣。

「不行，伊甸保證了他的自由，我們不能把他關在地窖。」約書抹了把臉，接著快速下達命令：「榭汀，盡快研究分靈手術怎麼處理，我不希望針鱲在黑萊塔停留太久。至於這段期間……萊特，他就交給你了。」

被迫塞了個麻煩的萊特只能點頭，他懷裡的柯羅還想叫囂，卻被約書直接打斷：「保證他的人身安全，針鱲要是掉了一根汗毛，你們幾個就完蛋了，尤其是萊特，知道嗎？」

夜晚，暹貓家宅邸內，蘿絲瑪麗的書房燈火通明。

榭汀一個人站在梯子上，正試著從眼花撩亂的書籍中挑選出他可能需要的書籍。

「到底為什麼那傢伙挑明要找萊特？那個組合超讓人擔心的啊！」丹鹿破

門而入，一邊碎碎念著一邊帶來了他們接下來挑燈夜戰所需要吸食的咖啡因和熱量。

把消夜點心和熱茶放在桌上，丹鹿還是不停念著：「我等等要打電話確認一下他們三個是不是還存活……或者我應該乾脆過去一趟。」

「不用這麼擔心，以現在的狀況來說，賽勒不會冒這個風險惹事。」榭汀挑了一本可能和分靈手術有關的書，緩緩爬下梯子。

「是這樣沒錯啦……但我擔心的又不只是賽勒。」丹鹿坐在沙發上，看著榭汀東抱一本書西抱一本書。

他想起今天萊特他們離開黑萊塔時的場景，萊特左邊一個張牙舞爪的柯羅，右邊一個電波一直不在所有人頻道上、卻對萊特異常有興趣的賽勒。而原本應該要興奮地左擁右抱的萊特，今天卻反常地安靜，還有意無意地閃避著賽勒。

這中間他們到底錯過了什麼事？

「確實柯羅才是需要擔心的傢伙，但我相信萊特可以應付得來。」榭汀漫不經心地說著，一邊把所有他能找到的相關書籍堆到桌上。

那些書疊起來幾乎比丹鹿還要高。

「這些就是可能和分靈手術有關的資料？」丹鹿由下而上掃視著那些書，他點點頭：「說不定我們今晚就能讀完。」

「還沒，那邊的也是。」榭汀隨手一指，角落還堆了三大疊可以塞滿一個倉庫的書。

「呃……」

「蘿絲瑪麗放書的方式實在太隨興了，之後有時間一定要把這些書本好好整理一遍。」

榭汀有些不悅地說著，他鬆鬆肩膀，看著眼前的書海，注意到身旁的丹鹿安靜了下來。

「還好嗎，老鼠？」榭汀伸手輕拍對方的腦袋，「你在想什麼？又有什麼不對勁的地方了？」

「榭汀……蘿絲瑪麗會病倒是不是跟我有關？我被朱諾控制的時候做了什

麼嗎？」丹鹿拉下榭汀的手，抬頭注視著他的男巫：「我知道你們在瞞著我什麼。」

榭汀嘆了口氣，他沉默了半晌，在丹鹿的堅持下開口說道：「那不是你的問題，當時你被朱諾控制住了，他趁我們不注意時攻擊了我們，就這樣而已。」

榭汀知道即使自己這樣說，丹鹿還是會露出那種好像所有事情都是他的錯的表情，蘿絲瑪麗的事大概會在丹鹿心裡成為罪惡感永遠沉澱著，時不時被拂起。

榭汀明白丹鹿的想法，卻無法體會。

「但如果當時我能小心一點，後面的事情就不會發生了。」丹鹿揉了揉眼睛。

「別這樣說，事情發生就是發生了，你預料不到。」

「我明白，可是……」

「蘿絲瑪麗會病倒也不完全跟你有關，她的身體本來就已經在衰退了。」

據說女巫們的力量強大，青春永駐；然而一旦懷孕生子之後，她們的年齡外貌就會開始隨著年紀而衰老，因為她們被迫將自己的巫力分給了子嗣。人終有一死，有了子嗣的女巫也是，而他們的子嗣卻會逐漸強大。

榭汀看著丹鹿背後的書架，隨著他的到來，老舊的木頭隙縫裡竟生出了漂亮的紅色花朵，泛出某種讓人放鬆的花香。

「但她會好起來的，對嗎？」丹鹿問，他深吸了口氣，原本緊鎖的眉頭逐漸放鬆。

「會的。」榭汀說謊：「等她好多了之後，你就可以去看她了。」

丹鹿嘆息一聲，抬頭和榭汀道歉：「抱歉，還讓你安慰我，這項工作本來應該是我負責的才對。」

「不用道歉，你已經做很多工作了。」

包括替他為蘿絲瑪麗感到哀傷這件事，榭汀心想。他伸出手指戳了兩下丹鹿的腦袋：「而且你今晚還要做更多。」

兩人轉頭一看，各式各樣的書籍像山一樣堆在那裡。

「我們趕快工作吧？」

「好，你儘管說吧，看有什麼事是我能幫上忙的。」丹鹿重新振作起精神，他挽起袖子準備開始工作。

榭汀看著這樣的丹鹿，微微一笑，輕拍對方的肩膀。

「幹嘛？」

「歡迎回來，真的。」榭汀張手抱住丹鹿。

「你幹嘛啦！少肉麻了，去工作啦！」丹鹿搖搖腦袋，扛著把整個身體重量壓在他身上的男巫，總覺得這幕似曾相識。

玻璃罐裡如血蛭般的黑色團塊試著趁男巫不注意時，頂開瓶蓋鑽出來，卻很快地被人一拳從瓶蓋上敲了回去。

「鏗鏗鏗」的聲音又沿著玻璃罐不斷敲著並用力搔刮，一直到黑色團塊再度軟下，那個嚇人的尖銳聲音才停止。

賽勒用紅色的絲線綑綁緊瓶罐後，才終於放下了手中的小湯匙。他舒舒服服地抱著玻璃罐窩回沙發上，然後看著正在隨手往地上亂丟大衣的柯羅，恍然大悟地說：「我知道你到底像什麼了——是鑫鑫腸。」

鑫鑫腸。

「這裡是我家！我們到底為什麼要帶這傢伙回來？」柯羅頭上的火山瞬間炸開，要不是萊特抓著他，他早就衝上去對著對方拳打腳踢了。

「別這樣，我們必須負責監督他，這是工作，工作。」萊特安撫著從熱狗變成鑫鑫腸的柯羅。

「他自己有家不會回自己家去啊？或是地窖，地窖最適合他！」

「第一，我不喜歡你們那冰冷冷的黑萊塔地窖；第二，針蠍家的老宅邸在我們離開時已經被教廷廢棄了，針蠍現在居無定所，哪裡都可以是家；第三，我們約好了，現在萊特是我的僕人。」

「他才不是！我們沒做這種約定！」

「開個玩笑而已，別這麼激動，小鑫鑫腸。」賽勒說，同時又對著萊特進行很可疑的眨眼。

柯羅要氣瘋了。

絲毫不管柯羅的脾氣，賽勒抬頭環顧整個夜鴉宅邸，有點感慨地說：「不過幾年過去，這裡變得還真多，和我小時候造訪時的印象完全不同。」

看著冷清的夜鴉宅邸，賽勒記得這裡很久以前還有傭人服侍大女巫，很多教士會在這裡進進出出，女巫們總是喜歡打扮得爭奇鬥豔，檯面上是喝個下午茶，檯面下是較勁今天誰打扮得更花枝招展。

只是從來沒人能贏過那個只是穿著簡單的黑洋裝就成為眾人矚目焦點的大女巫。

「這裡現在看起來像邋遢青少年和中年婦女一起同居的地方。」賽勒看著滿地柯羅剛剛沿途脫下的衣服和沙發上滿滿的針織抱枕，而萊特正像個老媽子一樣撿拾著柯羅的衣物。

他的形容太精確了。

「你以前來過這裡？」萊特問。

「當然，以前的女巫集會會辦在大女巫的宅邸，我們跟母親來過幾次，直到大女巫開始發瘋為止。」賽勒語氣平靜地盯著放在客廳壁爐上、那個用防塵布蓋著的巨大畫像，彷彿知道後面就是達莉亞的肖像。

「你閉嘴，誰准你談論她了。」柯羅的聲音忽然冷了下來，他的神情冷峻，已經不似先前的暴跳如雷。

但這樣的柯羅更恐怖。萊特看見他腳下的影子不正常地跳動著，他知道賽勒踩到了柯羅的大忌，而且還有點樂此不疲。

「為什麼？這裡也和教廷一樣，現在禁止議論前任大女巫了……」

「啊！」

萊特忽然大喊一聲，把兩個男巫都喊懵了，他們紛紛轉頭看向萊特。

「時間都這麼晚了，柯羅你身上好髒喔！快去洗洗澡準備休息了！還有衣服要放進洗衣籃裡我說過很多次了！」萊特發揮的他的老媽子精神，把柯羅脫下的衣服全都堆到他身上，然後催促著他上樓。

「可是……」

「我會負責帶我們的『客人』去他的客房休息。」

看到柯羅還是一臉很不放心的模樣，萊特湊到對方耳邊說：「不要擔心，如果客人有什麼意圖，我不會乖乖被欺負的，我會用爺爺教我的空手道對付他。」

爺爺。提到這個名詞，柯羅忽然回想起了他在丹鹿腦海裡看到的、有關哈洛．蕭伍德與丹鹿父親海爾的那段對話。

孩子的母親是誰？

丹鹿父親的這句話在柯羅腦海中迴響。

萊特身上有些祕密是柯羅不知道的，他很在意，可是……萊特會告訴他嗎？或是萊特自己根本也不清楚？

「柯羅！柯——羅——」萊特的手在柯羅面前揮了揮，柯羅才回過神來。

「你怎麼了？我跟你說過不用擔心我，我知道不能傷害賽勒，所以如果空手道不行，我就老派一點，拿電話簿擋在他胸口，然後用鐵鎚……」

「沒事，我只是在想事情而已。」

柯羅甩甩頭，他看著萊特，欲言又止，直到抱著玻璃罐的賽勒出聲：「看吶兄弟，他們要接吻了——現在教廷已經沒有巫族和教士談戀愛的禁忌了？」

「我們沒有要接吻！你這王八蛋！」青筋瞬間在柯羅臉上炸開。

賽勒吹了聲口哨，表情欠揍得讓柯羅想直接丟一束火花在他臉上，但萊特拉著他的衣角對他搖了搖頭。

「你最好給我注意點，要是你敢動萊特任何一根汗毛我一定會揍死你！」柯羅最後只能氣噗噗地撂下狠話，然後抱著自己的髒衣服回到房間，留下萊特和賽勒兩人大眼瞪小眼。

「那麼今晚我要睡哪呢？」賽勒對著萊特微笑。

「那隻噁心的臭蠍子！」

洗好澡的柯羅只洗淨了一身的髒汗和疲憊，卻沒能洗清一身怒氣。穿好睡衣披著浴巾的他回到房間後，一腳踢翻了仍然放在地上的那堆髒衣服。

要是平常，小清潔婦萊特早就出動替他打理好一切了，但今天那隻蠢蠍子卻纏著萊特不放，讓他只能自己一個人與這些髒衣服為伍。

柯羅惡聲惡氣地嘟噥著，一臉不爽地往床上一倒，然後看著天花板生悶氣。

賽勒的存在讓柯羅沒辦法好好和萊特談談他在丹鹿的記憶之中所看到的事情，這讓他感到非常煩躁，同時，他也不確定萊特是否準備好和他說這些。

他翻過身，想起第一次和萊特一起出任務時的事情。當時他還很不爽這位新來的菜鳥教士，所以在知道他是出自蕭伍德家時，他還用蕭伍德家的醜聞試探對方，想給對方難看。

當時的萊特雖然沒有表現得很明顯，但柯羅知道他很生氣。

「蠢死了，真是有夠蠢的。」想起當時的自己對萊特有多差勁，柯羅忍不住碎念著。

確實蠢死了——

腹部內傳來的聲音讓柯羅更不爽了，蝕最近明明安分了好幾天沒說話，連在地獄裡被他們這麼胡攪蠻纏都沒有多說什麼，為什偏偏挑這種時候發出聲音？

「你閉嘴！」柯羅吼道。

蝕還真的沒有說話了。柯羅不知道牠在打什麼主意，但他現在沒心思去管使魔是不是又有什麼陰險的小計謀了。

心情極差的他在床上翻來覆去，考慮著要不要現在就去把萊特拉出來說清楚關於他所看到的事……然而就在柯羅再度翻身時，他忽然注意到書櫃上立著的一張相框。

在看到相框上的人影時，柯羅的身體頓時僵住了。

相框裡，大約十三、十四歲的秀氣少年正對著柯羅微笑，而他身旁牽著的，正是年幼的柯羅。

冷汗和恐懼頓時爬滿了柯羅的腦門和後背，他死死地盯著那張相框。

為什麼？

和瑞文有關的相框他明明都刻意蓋住，從不去翻動它們，但為什麼這張相框會忽然直立在書架上？

柯羅爬起身，彷彿面對著什麼可怕的怪物似地，緩慢走向那張被立起來的相框。

相框放在書架上，和其他柯羅以前出任務時，萊特買給他的一些小紀念品放在一起，完美融合，毫無違和感。那張相框看起來就像一張普通的紀念照片，擺放在那裡順便當作裝飾而已。

柯羅默默伸手將那張照片蓋上，他握緊顫抖的手指，心跳加速地仔細檢查著自己房間的每個角落。但除了那張照片，他沒發現任何一丁點不對勁。

柯羅坐回床上，用浴巾遮住自己的臉，他試著深呼吸，然後告訴自己：「沒事的，不要大驚小怪。」

可能只是萊特在幫他打掃時不小心順手翻起來而已，平常他會特意保持原狀，這次可能是疏忽了……

「對，一定是這樣的。」

柯羅低頭盯著自己的影子，影子不安地晃動扭曲著，看上去很噁心。他忍不住皺了皺眉頭，隨後再次深吸了口氣。

「膽小鬼，站直你的身體，現在離開，去替我監督那個垃圾。」柯羅指著自己的影子命令道，而影子居然真的站直了身體。

柯羅決定做點別的事情轉移注意力。

萊特趴在地上，仔細檢查了床底下、書櫃後方和桌椅下方的每個角落，但就是沒看到他弄丟的那樣東西。

「好奇怪啊……」萊特起身，一臉困惑地盯著自己抽屜內的木盒，他發現自己弄丟了一顆袖釦。

無論萊特怎麼回想，他就是記不起來自己把那顆袖釦放到哪裡去了，他印象中，那顆袖釦明明應該放在盒子裡才對。

「到底去哪裡了？」

萊特正準備摸摸看所有制服的口袋，門口傳來的聲音卻打斷了他的動作。

「你在找什麼？」

萊特一轉頭，賽勒就站在門邊，靠著門框。

麻煩的傢伙來了……

「沒什麼，我只是在找我的袖釦而已。」萊特聳聳肩，他看著不請自來的賽勒進到房間內，一屁股坐在他的床上。

賽勒這次沒有抱著裝有他兄弟碎片的玻璃罐。

「呃……請問有什麼我能幫忙的嗎？」萊特恭敬地詢問，「對於您的客房有什麼不滿的嗎？」

「沒有，一切都很好。」賽勒說，他依然坐在萊特床上。

兩人就這麼僵持了好一會兒，直到賽勒拍了拍身邊的床鋪，示意萊特坐過去。

「這樣、這樣不好吧？三更半夜，孤男寡男共處一張床……」萊特嬌羞不安了起來。

「閉嘴！教士，坐過來，我們有事情還沒談完，你心知肚明。」賽勒指著自己身旁的位置，態度強硬。

萊特吞了口唾沫，該來的還是要來啊。他小心翼翼地坐到自己床上，和賽勒刻意保持了一段距離。

「當我進入你的記憶時，你到底是怎麼逆向闖入我的記憶裡的？」賽勒自動湊了上來，萊特躲也躲不了。

針鱗男巫的雙眸猶如紅玉般色澤銳利，彷彿想看穿萊特的大腦。

「我說過我真的不知……」

萊特的手臂被賽勒一把抓住，他將他拉向自己。

「你一點都沒意識到你入侵了我的記憶？別說謊，教士。」

萊特看見賽勒咬著牙，一隻蛇般的圖騰若隱若現地浮現在他臉上。對峙著的兩人都沒注意到從門外縫隙裡爬進來的影子。

「我沒有說謊，當時我只是以為你出現在我的夢裡，所以我下意識想要叫住你，問你為什麼會出現，然後我就跟著你跑，跑到了……」

「跑到了我的童年記憶？見到我們那神經質的母親？」

萊特不說話，默認了賽勒的質疑。

「萊特・蕭伍德，你都沒意識到這件事情很奇怪嗎？一般人是沒有能力足以窺探別人的記憶，這種能力只有巫族才有。」賽勒握緊了萊特的手臂，那隻蛇的圖騰在他臉上和頸子上危險地竄動，但這沒有阻止他繼續動作。

「你想表達什麼？」

「你身上有古怪的祕密，沒人知道的祕密。」賽勒說，他湊得太近，連沒臉皮的萊特都忍不住後退。「我問你，你的父親既然是昆廷．蕭伍德的話，那麼，母親是誰呢？」

「你在說什麼？我父親是露德．蕭伍德，母親是葛瑞絲．溫特。」萊特皺著眉頭：「昆廷．蕭伍德是我的叔叔，不是父親。」

「哼，你不知道這件事是嗎？看來哈洛．蕭伍德並沒有告訴你真相。」賽勒瞪著萊特，他問：「你不想知道真相嗎？」

「什麼真……」

「再讓我回去看一次，讓我看看抱著嬰兒的那個女人是誰。」

賽勒湊了上來，嘴對嘴就往萊特臉上咬了一口。

萊特都還沒來得及尖叫，他眼睛一閉，整個人頓時陷入黑暗之中。

等萊特再度張開眼睛時，他已經不在自己的房間內了。

環顧四周，萊特發現自己躺在一張上面掛滿了月亮和星星吊飾的嬰兒床裡。他看了眼自己伸出的雙手，他的手變得小小短短的，身上還散發著一股奶味。

一個男人從嬰兒床上探出頭，並且對他伸出手指。

萊特握住了對方的手，對方則是對他咧嘴一笑。男人有雙很藍很淺的眼珠，笑起來時臉上還有酒窩，他的外貌和萊特的父親露德神似，卻沒有父親這麼嚴肅。

萊特認出了那是他應該叫「叔叔」的男人——昆廷．蕭伍德。

「你的頭髮跟你媽咪一模一樣，像光一樣，就叫你萊特好不好？」叔叔用手指又戳了他兩下。

萊特感到十分混亂，他看著男人，直到嬰兒床上又探出第二顆頭。

不，萊特，我要看的不是父親，想想你的母親。

賽勒面無表情地和叔叔一起低頭看著嬰兒床裡的他，聲音在他腦海中催促，並伸手遮住了他的視線。

等被迫闔上眼睛的萊特再度張開眼睛，他又身在另一個不同的地方了。他坐在一間物品擺放得異常整齊乾淨，擺飾又相當簡約的書房裡。

萊特看著自己放在書桌上的雙手，五短的嬰兒手掌變得大了一些，但還是有著嬰兒肥的影子。

「萊特，專心點，把你的書讀完。」一個女人的聲音突然響起。

萊特抬頭，有著一頭深褐髮色，盤著優雅的包包頭，身穿鷹派教士服的年長女性坐在他對面。女人有張相當清秀的臉孔，神情卻異常淡漠，和萊特充滿了距離感。

「好的，母親。」萊特自然而然地脫口而出。

葛瑞絲．溫特點點頭，繼續低下頭看她的書。

書房裡的時鐘滴答滴答地響著，萊特盯著桌上那本《女巫之錘》，章節正好停在如何獵殺女巫的那幾章。他只記得當時的自己不想繼續閱讀下去了，葛瑞絲卻抬起頭，難得溫柔地問他：「你晚餐想吃什麼？」

萊特抬起頭來，看著自己稱呼為「母親」的女人，他張著嘴遲遲沒有回答，因為這時賽勒又出現在女人身後了。

你在浪費我的時間，萊特。

這個女人不是你的母親。

賽勒的聲音又在萊特腦海裡響起。

「萊特？」葛瑞絲再度呼喚萊特。

萊特看了眼葛瑞絲，又看向賽勒，很堅定地對他說：「她就是我的母親。」

她不是。

賽勒卻很肯定地說，他走上前，又要再度蒙住萊特的雙眼，萊特這次卻抓住了對方的手，喊了聲：「不！」

畫面一暗，場景雜亂地跳動著，有時候是萊特爺爺在說話的畫面，有時候是柯羅對著萊特暴跳如雷地咆哮或平靜地聽他說話的畫面；偶爾，在畫面與畫面之間，穿插了一個女人的聲音，那個女人有一頭漂亮的、亮晶晶的長髮。

就是這個了。

——不，你沒有獲得我的允許。

賽勒和萊特的聲音同時在萊特腦海中響起，萊特心生排斥，他用力抓緊了不停在他腦海內亂跳的賽勒。

一個想法隨著亮起的燈光在萊特腦中跳出，他和上次一樣，屏氣凝神地將注意力放在了賽勒身上。

頓時，他們竟再度回到了那個畫面——

原本操控著一切的賽勒發現自己又坐回餐桌前的位子上，朱諾坐在他旁邊，動作停在用手護住臉的那一剎那，而他們的母親發狂似地掀翻了熱湯。

賽勒看著母親的表情，又看了眼站在母親後方，一臉困惑的萊特。

「不——」賽勒大喊了一聲。

但一切為時已晚，他這一喊彷彿喚醒了萊特的注意力，原本靜止的記憶開始流動，熱湯灑在了朱諾身上。

朱諾尖叫著開始哭喊，他們的母親則是繼續衝著他們叫罵：「不准和我頂嘴！你們以為你們有兩個人很了不起嗎？總有一天你們只能剩下一個！」

朱諾哭喊著，賽勒並沒被熱湯潑灑到，但他仍然能感覺到兄弟身上的疼痛。

「別哭了！別哭了！」母親尖叫著拿起銳利的叉子。

「不不不——我該怎麼停止這一切？」萊特慌張地在後方詢問。

賽勒緊緊咬著牙根。太難堪了，這些記童年憶被赤裸裸地攤在外人面前，真的是太難堪了。

沒有理會慌張的萊特，賽勒按照記憶中的程序，起身護在朱諾身上，而母親將用叉子在他的背上刺好幾下，最後在他的哭聲中結束這段記憶。

但出乎賽勒的意料，他們耳邊忽然傳來巨大的聲響，「啪」的一下，畫面忽然一片漆黑。

CHAPTER 6

祕密

萊特和賽勒同時張開眼睛，並同時向後退開，他們的意識已經回到現實，回到了萊特的臥房之中。

把兩人喚醒的是那道橫亙在兩人之間的巨大黑影，影子立在他們中間，身形忽大忽小，看上去像個憤怒的小巨人。

賽勒抬頭望著那個巨大的黑影，一團黑色朦朧的陰影中，竟然有兩隻眼睛睜了開來。

同一時間，待在臥房的柯羅正握緊雙拳坐在床上，咬牙切齒地對著空氣說話。

「王、八、蛋你、對、萊特——做、了、什麼？」

透過他派去監視賽勒的黑影，柯羅的話從黑影長出的嘴巴裡吐了出來。

聽著那朦朧厚重、音量不太穩定的黑影發出憤怒的吼叫，賽勒竟然笑出聲來：「有趣，小烏鴉的新把戲？真的很有意思，不過你知道你人就在隔壁吧？你大可以自己過來說這些話。」

「閉——嘴、不然、我一、拳揍——扁你！」

語畢，高大的黑影真的一拳揍了下去，但黑影打在賽勒頭上的力道卻像棉花一樣，只是輕輕撩了賽勒頭頂一下。

「該、死！」

「該死！」

黑影的怒吼和柯羅的怒吼聲同時從隔壁傳來，年輕的夜鴉男巫顯然還不太會控制他的新能力，這讓賽勒直接笑倒在萊特的大床上。

「你們這對搭檔還真是一對活寶。」

萊特和柯羅的黑影看著像是被戳中笑點的針蠍男巫，兩個人都看傻了，柯羅的黑影也慢慢變回成正常大小。

「你等、我現在、就過──」

「不用麻煩了，我沒有要跟你鬧的意思。」賽勒停止了笑聲，他打斷柯羅黑影那種不清不楚的咕噥聲。「你想知道什麼我都告訴你，反正你也算是共犯之一。」

在房間裡的柯羅愣住了，他不懂賽勒的意思，直到對方說：「因為你也偷窺了那段記憶。」

柯羅的黑影安靜下來，並且隨著光線的角度退到角落邊，看上去像個做錯事的孩子。

「你們在說什麼？」萊特不解地問。

賽勒沒有理會萊特，他繼續說著自己想說的話：「我沒有對你心愛的教士做什麼足以傷害到他的事，我只是試著探訪了他幼兒時的回憶，想找出和他隱藏起來的祕密有關的蛛絲馬跡。」

「我沒有允許你做這件事。」萊特的臉沉了下來。

賽勒笑得更愉快了，因為平常看起來傻乎乎又天真爛漫的教士現在看上去很嚇人。

「我明白，這也是我失敗的原因。」賽勒說：「我只確認了父親的部分和我所獲得的情報一樣，但母親的部分你卻不願意讓我探訪。」

賽勒看向柯羅的黑影，對他說：「你知道嗎？你的教士不僅阻止了我的探訪，他還逆向入侵了我的幼時記憶，站在旁邊觀看了我們那些不堪入目的幼年記憶。」

「我根本不知道為什麼……」

「不管是任何人都明白，能夠拒絕巫族的巫術，還能逆向入侵，這絕對不是普通人能做到的事情——萊特．蕭伍德，你身上存在著問題。」賽勒打斷了萊特的辯解。

賽勒的話提醒了柯羅，萊特身上確實有一些很不尋常的地方，比如他總是能違背使魔的意思，隨意出現在使魔的「房間」內。

「我只是比較幸運而已，那可能是因為你們的巫術湊巧出了什麼差錯……」

「沒有比較幸運這種事，萊特．蕭伍德，兩次，你打斷了我的巫術、進入我的記憶兩次，這絕對不是巧合。」賽勒再度打斷萊特，他很明白地點出了問題所在：「擁有這種能力的——只有擁有女巫或男巫血統的子嗣。」

「不，不可能，我的父親是獅派教士，母親是鷹派教士……我是獅派名門蕭伍德家出身的孩子。」

萊特提起了他鮮少提到的家人，柯羅甚至不知道萊特的母親竟然是一名鷹派教士。

「你說你的父親是露德．蕭伍德，母親叫葛瑞絲，但我和柯羅在丹鹿腦海中聽到的版本可不是這麼回事。」賽勒繼續說。

「你們到底聽到了什麼？」萊特一臉困惑地看向賽勒，以及站在牆角的柯羅黑影。

看著不再張狂的柯羅黑影，賽勒哼了聲：「這你可以自己去問柯羅，多虧他誤打誤撞跑進了那段記憶裡，我們才能發現這麼有趣的事情。」

語畢，賽勒從床上起身，居高臨下地看著萊特。

「你真的讓我很難堪，教士。被你隨便入侵到那段記憶裡顯得我好像什麼低階級的流浪男巫一樣，所以別再說什麼你只是個普通教士這種話；你心知肚明你身上有祕密，只是你拒絕讓人知道而已。」

「因為我沒有同意要告訴你任何事。」萊特說。

「隨你。」賽勒整了整衣服，用指腹抹掉嘴唇上的唾沫：「但你總有一天要面對現實，等你準備好了，歡迎隨時來找我幫忙揭露你的小祕密，我會很期待的。」

「那麼晚安了，兩位。」賽勒最後看了角落裡的柯羅一眼，他揮揮手，留下萊特和柯羅的黑影獨處。

柯羅派去的影子在角落裡躊躇著，忽大忽小。透過影子的眼睛，柯羅能看到的只有坐在床上、面無表情地望著門口的萊特。

他從沒見過萊特出現這種表情，讓人猜不透他在想什麼。

柯羅不知道怎麼打開「我們聊聊」這種話題，這種話題向來是由萊特展開，萊特會關心他的任何一件事。

可是當輪到柯羅想這麼做時，一切都變得很彆扭。

柯羅的心跳很快，甚至沒心思衝出去揍賽勒一頓。天氣不熱，他卻坐在自己的房間裡也出了一身汗。

柯羅吞了口唾沫，最後藉由影子開口：「萊——特？」

萊特沒有回答，於是他又喊了聲：「萊——特。」

萊特抬起頭看著柯羅的黑影，他的表情看上去困惑又疲憊。他對著柯羅搖了搖頭，臉上完全沒有柯羅平常總會看見的微笑。

「我們明天再談好嗎，柯羅？我想休息了。」萊特說。

黑影糾結著，身形變大又變小。

「拜託？」萊特重申。

最後黑影沿著牆面和地板，一路縮回了房門的門縫外，縮回了柯羅的臥房裡。

人在房間裡的柯羅張開眼睛，看著自己腳下恢復正常的影子，不悅地對著它說：「蠢死了，你真是蠢死了。」

「蠢——死了、你真是——蠢——死了。」影子竟然還回嘴。

柯羅抹了把臉，手一揮：「去守在萊特的房門前！」

影子再度跑了出去。

柯羅則是蜷縮在床上，用棉被把自己裹成一團球。

伊甸回到辦公室時，約書還在辦公桌前埋首於一堆案件之中。

兩人已經冷戰了大約兩三個小時左右。

「你應該要休息了。」伊甸冷冰冰地開口打破沉默。

「我沒有時間休息，袖釦之謎還沒解開，另外手上還有幾件急案要處理。」約書看著手上熱騰騰的新案件，頭抬也不抬，酸溜溜地說：「又不像某人還有時間和別人訂契約，拿自己的命去賭。」

「你現在在鬧脾氣。」

「我沒有。」

然而約書翻閱案件的聲音大到可能連站在黑萊塔外都能聽見。

「那是最快解決僵局的方式，只要賽勒還想活著，他就動不了我，甚至是黑萊塔裡的任何人，我們只是互相做了個有保證的約定，箝制住對方而已。」

「你是拿你的命去做保證！」

「不，我會活著，你聽到賽勒說了，如果我出了問題我會活著，只是我的四肢會斷裂，眼球會……」

「啦啦啦啦我不想聽！」約書伸出手指塞住耳朵。

「總之，你根本不用擔心這些，只要我不對賽勒起殺心就不會有事。」伊甸靠坐在自己的辦公桌旁。

「你讓我頭很痛。」約書按著腦袋，他放下案件，滿臉疲憊。「你真的認為這種約定有必要嗎？」

「有必要，事實上……我還認為賽勒有點小聰明。我當時確實有打算如果他自己離開，我們乾脆一起殲滅針蠍雙子。」

「你是認真的嗎？」

「是啊，針蠍雙子早就已經不是登記在教廷內的男巫了，還有大批的流浪男巫跟隨著他們，遲早都會成為問題，有機會不如趁早解決。」伊甸的語氣像是在跟約書討論怎麼解決鼠害似的，而在他談論著怎麼解決針蠍時，黑色的蠍子圖騰浮現在他臉上，一路爬往他的雙眼。

「伊甸！」約書喊道。

看著緊張兮兮的約書，伊甸照了眼鏡子，看到浮現並爬動的蠍子圖騰時，他並沒有太驚訝。

「看，這就是為什麼賽勒想訂契約的緣故。」伊甸說。「如果我起了殺心，他對我的箝制就會伺機而動……相對來說，我對他的也是。」

「我還是覺得你根本是在玩命。」

「我說了我不會死，我只是會……」

「啦啦啦啦我沒聽見！」約書又遮住耳朵。

伊甸一臉拿對方沒轍的模樣，他走向約書，向對方伸出手：「總之你脾氣也發過了，我們差不多該和好了吧？快起來，我們回去休息，你還有腳傷要養。」

「誰要跟你和好了。」約書一邊嘟著嘴一邊收拾桌上的案件，把能塞的全部塞進公事包裡。

「你真是個工作狂，榭汀不是說了你應該要休息嗎？」扶著一跛一跛的約書，伊甸冷冷地看了對方一眼。

「沒辦法，有幾個急件，有個小村莊裡出了怪事，我覺得或許和寂眠谷發生的案件、還有我們最近碰到的幾件怪事有關，所以我明天想去看看。」

「用你的跛腳？我明天可不背你。」

「為什麼？因為你快被賽勒的巫術砍掉四肢嗎？」

兩人邊鬥嘴邊走出辦公室，正在前往大廳的路上時，碰巧遇上了披著斗篷回到黑萊塔的威廉。

「威廉！」約書喊住對方。

威廉像是被驚嚇到的小野兔，他整個人一震，神色驚恐地看著約書和伊甸。

「你跑去哪裡了？」約書問。

威廉望著約書，支支吾吾的，一副欲言又止的模樣。

「怎麼了嗎？」約書看著神情古怪的威廉，下意識覺得對方是被自己抓到曠職而心虛。他忍不住皺起眉頭，嚴肅地問：「你和格雷今天都去哪了？」

「我、我不知道格雷去哪裡了。」威廉面色蒼白地搖搖頭。

「你怎麼會不知道你的督導教士去哪裡了？」約書沒好氣道：「你到底有

沒有意識到你們兩個今天曠工了整整一天？其他人在報告這兩天發生什麼事的時候你們都不在，沒有人知道你們到底去了哪裡！你不覺得自己應該好好給我一個交代嗎？」

「我……」

「尤其是你，威廉，柯羅和萊特說你在送他們進地獄時出了點小差錯，我需要知道到底發生了什麼事導致他們後面做出了一堆蠢事……」還在氣頭上的約書忍不住和威廉算帳。

威廉低著頭，拳頭握得緊緊的，沒有回答約書的話，他問：「萊特呢？」

「已經和柯羅回去了。」伊甸接話。

「你找萊特幹什麼？先把格雷找出來才是最要緊的吧？」約書嘆息，他實在搞不懂這群年輕的男巫腦袋裡都裝了些什麼。「他才是你的督導教……」

「那個傢伙不是我的督導教士！」忽然，威廉打斷了約書，並且激動地喊道：「他根本不配成為督導我的人！」

約書和伊甸兩名資深前輩愣在原地，看著平常對他們還算溫和的威廉對著他們怒吼。

「我根本沒有決定權！擅自決定了我的督導教士的人是你們！要我負責被他控制的也是你們！你們到底憑什麼！」威廉聲嘶力竭地怒吼著，他眼裡甚至聚滿了淚水，喃喃著：「或許他說對了……」

「誰？」

還沒搞清楚到底是怎麼回事，約書正打算軟化語氣和威廉談談現在究竟是什麼情況時，威廉卻在抹掉臉上的淚水後，重新披回斗篷，甩頭就走。

「威……」約書伸出手想喊住對方，眼前卻忽然一黑，整個人軟倒下去。

約書向前倒去，伊甸好不容易才拉住對方。

「約書？約書！」

伊甸喊著軟軟地倒在他懷裡的傢伙，對方卻沒有任何回應。

柯羅在半夜清醒過來，窩在棉被裡的他睜開眼睛，一眼望去，月光從窗外灑落，將窗影拉得長長的。

一道長長的影子出現在月光下。

柯羅的心跳漏了一拍，他戰戰兢兢地循著影子往上看，一個男人就站在他的書櫃前，動也不動。

柯羅試著出聲，卻發現自己根本發不出聲音，也動彈不得。他只能眼睜睜看著那個熟悉的背影彎下腰，像是在觀察什麼有趣的東西，並動手將那張被柯羅蓋住的相框再度掀開，整齊地擺放好。

柯羅冷汗直冒，他瞪大眼睛，看著男人緩緩轉過身來。

一片漆黑之中，柯羅只隱約看見男人的輪廓，卻看不清楚他的面容，只剩那雙和他相似的紅色瞳孔在陰影中閃現著。

不要過來——柯羅在心底吶喊著。

男人就站在那裡，並沒有朝他走來，而是緩緩地往門口移動。

才稍微鬆了口氣，柯羅卻因為男人接下來的行為而漫起了一身雞皮疙瘩，他忽然意識到，男人是要前往萊特的房間。

動彈不得的柯羅閉上眼睛，他屏氣凝神，驅動著自己的影子跟上。

透過影子，他看見那個男人進入了萊特的房間，而萊特正躺在床上熟睡，絲毫不知有人闖入。

男人就站在萊特的床旁邊低頭看著他。

萊——特——

萊——特——

柯羅試著藉由影子叫醒萊特，卻發現竟然連影子也發不出聲音。

男人盯著影子露出了一排白牙，彷彿是刻意給他看似的，接著男人朝著熟睡中的萊特伸出手，一掌掐在萊特頸子上。

不——不——

柯羅操控著自己的影子捶打對方，但影子就只是影子，如同空氣般軟弱無力，他只能眼睜睜看著男人逐漸收緊虎口，而熟睡的萊特露出越來越痛苦的神情。

柯羅……

萊特喊了一聲，最後斷氣。

「不！」

柯羅尖叫著，終於擺脫了不能動彈的窘境，他從床上彈起，額頭卻直接叩上了一個硬物。

「痛！痛死了！」

「好痛！」

柯羅撞得眼冒金星，他按住抽痛的額頭，再次張開眼才發現房間裡一片明亮，而萊特就坐在他床鋪旁，額頭腫了一大塊。

「萊特……」

「嗯？」萊特一臉無辜地摀著額頭，眼睛裡泛著淚光。

柯羅急急忙忙扯開對方的衣領，萊特嬌羞地發出了「呀啊」的一聲，但還是沒能阻止柯羅拉開他的衣服，檢查他的頸子。

萊特的頸部光滑白皙，沒有任何一點傷痕。

柯羅稍微放鬆之後，又急忙跳下床檢查書架。書架上被他蓋住的相框依然蓋在原來的位置，並沒有被立起。

原來只是惡夢而已……

柯羅鬆了口氣，他抹了把後頸，上面全是冷汗。

「柯羅做惡夢了嗎？」萊特扣著自己的衣領。

柯羅轉過頭來看向萊特，萊特一臉輕鬆愜意，又恢復了平常的模樣，彷彿昨晚的那些事也都只是一場惡夢。

「呃……嗯。」柯羅點了點頭。

「還好嗎？你看起來做了一個很激烈的惡夢，激烈到這傢伙都來敲我房間的門了。」萊特往旁邊一指，昨晚被柯羅派去守在萊特房門口的影子正呆呆地站在旁邊。

「就只是普通的惡夢而已。」柯羅脫掉他沾滿汗水的睡衣，腹部忽然傳來一陣搔癢。

柯羅轉過頭，只見萊特正在騷擾他的影子。

「喔喔喔，它有形體耶！」萊特用手指戳著影子的肚子。

柯羅看著又恢復常態的萊特，鬆了口氣，並沒有暴跳如雷地責備對方。

「你也可以把我的影子變成這樣嗎？」萊特雙眼亮晶晶地問。

「不知道，也許可以吧，不過現在沒辦法。」

柯羅逕自換上乾淨的新衣服，思考著要不要和萊特坐下來繼續昨天的話題；但當他再度抬起頭時，才注意到正在和影子玩鬧的萊特身上穿著整套的教士制服。

柯羅看了眼時鐘，問道：「現在不是還早嗎？為什麼你已經穿成這樣了？」

「啊，伊甸說有急事找我們過去一趟，所以我其實是來提醒你準備出門的。」

「和客房的傢伙有關嗎？」

「啊不，我剛剛去看過了，賽勒睡得正香甜，那傢伙到別人家作客還真能睡啊，而且還死死抱著他的玻璃罐……」萊特模仿著賽勒的動作。

「不是賽勒？那是發生了什麼事？」柯羅問，在他收回影子的同時，萊特的表情也嚴肅了起來。

「大學長病倒了。」

M I S F O R T U N E
S E V E N

CHAPTER

7

袖釦

萊特帶著柯羅和三催四請才願意醒來、並花了不少時間梳洗打扮的賽勒趕回黑萊塔時，銜蛇男巫的辦公室裡只有伊甸一個人。

「大學長呢？他還好嗎？」萊特四處張望。

「沒有大礙，只是太累所以昏倒了，我已經請榭汀替他看過，他現在正被強制拘留在醫護室裡休息。」伊甸說。

「這樣啊……那我們可以去看看他嗎？」

「這倒不必了，你們去只會勾起他想工作或是想殺人的欲望。」

「你所謂的急事就只是這樣而已嗎？」柯羅打岔，一邊打了個大大的呵欠，他昨晚並沒有睡好。

「不，當然不是了，我找你們來是有案件想交給你們處理。」伊甸說。

「案件？現在嗎？」萊特看著伊甸，又看了眼旁邊無聊到在亂動伊甸辦公室裡的東西的賽勒。

受到所有人注目，抱著玻璃罐的賽勒勾起嘴角。

「沒辦法，是急件，本來約書想自己去，但現在的狀況不允許。」伊甸無奈地聳肩。「我當然也有考慮過讓其他人去處理，但我現在聯絡不上絲蘭和克萊門汀，更不用說司普蘭從昨天開始就沒見到人——威廉也是，昨天見過一面後他就跑走了。」

「威廉？威廉還好嗎？他跑到哪裡去了？」

昨天的事情讓萊特忙得不可開交，他完全沒有空閒時間找威廉談談他和柯羅的事情。

「你管他去哪，我就說他一定是去某個地方哭哭啼啼卻被他們發現了，覺得丟臉所以才跑掉的。」柯羅又打了個大呵欠。

「總之現在其他兩組沒辦法支援，榭汀和丹鹿要留下來繼續研究分靈手術，所以整個黑萊塔目前看來就只有你們能用了……」

伊甸看向萊特、柯羅——以及賽勒。

「哎？我們兩個，加上這個嗎？」萊特指著賽勒。

賽勒的眼神亮了起來：「喔？這消息比教士昏倒有趣多了。」

「我本來也認為這樣不太妥當，但沒辦法，人力吃緊。」伊甸坐在辦公桌後方，看著他們的模樣卻像是居高臨下。他冷冷地盯著賽勒：「況且經過昨天的『約定』之後，我相信賽勒應該不會替我們惹麻煩。」

「你說呢？」

萊特和柯羅看見伊甸和賽勒臉上同時浮現出蠍子圖騰以及蟒蛇圖騰，兩人腦海裡正在想著什麼事好像並不難猜到。

「你們帶著賽勒去出差，小心點，顧好他。」伊甸一邊說，一邊將桌上的案件資料推了出去。

「說不定是我必須顧好這兩個傢伙，論輩分來說，我可能還有更多辦案經驗。」賽勒正要主動接過案件，伊甸卻直接把案件交給了萊特。

「但你已經不是黑萊塔的男巫，在旁邊當個乖寶寶就好，也許回來後我會給你糖吃。」

「你越來越會說笑話了，伊甸，這點倒是比你那走狗父親還強。」賽勒皮笑肉不笑。

「小心說話，賽勒，我不是叫你當乖寶寶了嗎？」伊甸的視線冷到彷彿下一秒就要吐出蛇信了。

夾在兩位劍拔弩張的男巫中間，萊特捧著手裡的案件，冷汗一滴滴冒了出來，旁邊的柯羅則是「哈」了一聲，都準備去拿爆米花了。

也許一開始伊甸和賽勒訂下箝制約定是正確的決定，萊特心想。

「這次的案件我和約書都懷疑可能跟我們之前調查的案件有關，所以請仔細記錄調查過程。」終於，伊甸將線放回萊特身上。

「好的。」萊特一邊點頭，一邊翻閱手上的案件。

這次的案件地點在一個極其偏僻的荒郊小村莊——羊皮莊，一個萊特甚至從沒聽過的地方。

「這不會是一件很好處理的案件，萊特。當地是個比寂眠谷更傳統的保守小村莊，對男巫更加不友善，你帶著兩個要相當注意。」伊甸警告：「但如果有人拿出獵槍，閃躲優先，不能貿然攻擊一般老百姓。」

萊特哈哈發出笑聲，直到他發現伊甸是認真的。

「不是開玩笑？」

「不是。」

「那還真是嚇人，不過滿好玩的。」賽勒倒是笑了，他伸伸懶腰，一副蓄勢待發的模樣。「正好我已經開始厭煩無聊的黑萊塔和看著這兩個傢伙每天膩在一起親親我我了……」

「你少在那裡胡說八道！」被萊特親親我我地搭著肩膀的柯羅反駁。

空氣凝結了一會兒，伊甸才伸手指向賽勒手上的玻璃罐：「不過如果你要跟去的話，那個東西必須留在黑萊塔，跟著你一起到有平民百姓的地方太危險了。」

賽勒看了眼手上的玻璃罐和裡頭鬱鬱寡歡的黑色液體，巨蟒圖騰依然不時在他皮膚下移動。他看向伊甸，毒蠍圖騰也伺機而動般出現在對方臉上。

幾經思考，最後賽特聳聳肩，妥協了：「好吧，但它必須被保護在我指定的地方。」

「隨你。」

「成交。」賽勒拍拍手中的玻璃罐，拿走萊特手上的案件：「那我們準備出發吧，教士。」

「喂！誰准你裝成老大的樣子！把東西還來！」柯羅追在賽勒身後想拿回他們的案件。

看著兩名男巫前後走遠，萊特正想急忙跟上，只是他回頭準備和伊甸道別時，注意到了放在伊甸桌上那顆金色的圓形物體。

「啊，那是我的袖釦！」萊特指著伊甸桌上的袖釦說。

「你的？」伊甸擰起眉頭，一臉詫異地看著萊特。

「對，你看，獅子的眼睛上有睫毛，是我無聊時畫上去的。」萊特指著袖釦上的獅子圖騰。

雖然小到微乎其微，但獅子的眼睛上確實有三根睫毛。

「我還以為我弄丟了我的袖釦，原來是掉在這裡啊！」萊特鬆了口氣。

伊甸看著眼前的教士，感到非常困惑——出現在胡倫嘴裡的袖釦竟然是萊特的？

「怎麼了嗎？」萊特一臉不解。

「不，小事而已……等你回來再談。」伊甸說。

「好吧，那我們先走囉。」萊特將袖釦別回袖子上，拿起他這次可能需要用到的武器袋，隨後揮揮手離開。

伊甸看著獅派教士的背影，沉思了好一會兒才從辦公椅上起身。在他走動的同時，辦公室內高大的黑色鐵櫃也開始跟著移動，直到那個標示著員工檔案的鐵櫃停駐在他面前。

伊甸拉開鐵櫃抽屜，將萊特的資料抽了出來。

看著獅派教士的資料夾，伊甸正準備打開閱讀，約書辦公桌上的平板電腦卻發出了「叮」的一聲。

教廷寄來了一封顯示為「重要」的信件。

覺得奇怪的伊甸皺了皺眉頭，權衡之下，他還是不得不先放下手中的資料，然後閱讀起那封來自教廷的密函。

而不久後，辦公室的電話也開始大聲作響……

丹鹿打了個大大的呵欠，抓著一頭亂翹的紅髮。

和榭汀一起熬了一整晚，他忍不住在上班時間打起瞌睡，最後實在撐不下去了，才躲進溫室裡小睡一會兒。

醒來之後，丹鹿覺得自己清醒了點，但只有一點點，他還是需要喝杯熱咖啡提神。

丹鹿揉掉眼裡的水氣走出溫室，榭汀正在自己的工作檯旁忙碌著什麼。

「你應該也去休息一下。」丹鹿走向對方。

榭汀昨天晚上都在研究分靈手術的書籍，清晨又因為接到伊甸的來電，匆匆忙忙地趕回黑萊塔查看大學長的狀況，幾乎沒怎麼休息。

「別擔心，我很好。」榭汀說：「實際上沒這麼好過……」

後面那句話像是自言自語的呢喃，丹鹿沒聽清楚，也沒在意。他湊到榭汀身邊，看對方在做什麼。

榭汀手上沾滿泥土，正在替幾棵小盆栽澆淋一種白色的液體。

「那、那是奶精嗎？」丹鹿問。

「對，所以等一下如果要喝咖啡，請加新鮮牛奶，因為奶精被我用光了。」榭汀點點頭。

「你在種什麼？分靈手術需要的東西？」

「可以這麼說。」

被澆灌了奶精的盆栽開始從土壤中長出葉子……如果那兩雙白嫩的腿可以被稱為葉子的話。

「這是什麼？」丹鹿面色鐵青地看著那兩對晃動的腳。

「活的白蘿蔔兄弟。」榭汀說。他抓住那四條腿，將土裡的東西拔了出來。

「它們就叫『活的白蘿蔔兄弟』？」

「對，就叫活的白蘿蔔兄弟。」

還真的是……活的白蘿蔔。丹鹿看著榭汀手裡那身體相連、有著四條會動的腿的連體白蘿蔔兄弟。它們看起來又怪又噁同時卻又有點萌萌的。

丹鹿看著榭汀將白蘿蔔放進流理臺內清洗泥土，兩根連體白蘿蔔像溺水般不停猛踢著腳。

「這東西可以幫助賽勒和朱諾分開？」

「不能。」

榭汀將不停踢腿的蘿蔔們擦乾，一邊拿出了紅色的馬克筆。他替其中一隻的腦袋畫上了紅色長髮，另一隻則畫了紅色短髮。

「它們只是我的實驗對象，這場手術有風險，我需要先練習幾次。」榭汀還在蘿蔔們的臉上畫上了哭臉。

活的白蘿蔔沒有嘴巴，但它們踢動雙腿時，會發出嗚嗚嗚的悶哼聲。

「等等會汁水橫流的，你最好別看……」榭汀一邊說著，一邊拿出一排尺寸不同卻相當銳利的手術刀，他想了想：「不過晚餐我們也許可以煮蘿蔔排骨湯？」

丹鹿看著榭汀，在歷經了腦子差點爆炸的大風大浪之後，已經足夠厭世的他沒有大驚小怪，而是轉頭就走。

現在還是咖啡比較重要，他用榭汀的下午茶組為自己泡了杯咖啡。

「你也要來杯咖啡嗎？加冰牛奶？」

「當然好，不過……」

丹鹿打開他用自己的薪水特地為喜歡新鮮牛奶的萊特買來的迷你冰箱，卻發現他的迷你冰箱裡竟然放著賽勒的玻璃罐。

裡面的黑色團塊看到他似乎很興奮，急忙想掙脫出來，但罐外被纏繞著層層上鎖的鐵鍊，還貼著一張紙條寫著：**噁心，有毒，但你想吃的話也可以**。

「賽勒把他的玻璃罐寄放在這裡了。」榭汀說。

「為什麼要放在這裡啊！」丹鹿崩潰地關上冰箱。

「因為萊特他們有個急案要處理，把賽勒一起帶去了。」榭汀把試圖逃跑的活的白蘿蔔兄弟抓了回來。

「蛤？這樣可以嗎？大學長怎麼會同意……」丹鹿傷腦筋地抓著腦袋，這才想起大學長正在掛病號。「是伊甸核准的？」

「對，黑萊塔現在由蛇蛇作主了，皮繃緊一點。」榭汀用不知道是開玩笑還是認真的口吻說著。

丹鹿抹了把臉：「太危險了，我晚點應該要像昨天晚上一樣對萊特進行奪命連環 Call，確認一切相安無事。」

「但他昨晚好好的不是嗎？今天早上還活蹦亂跳地來上班。」

「是這樣沒錯，不過昨晚的萊特怪怪的……」

昨晚的萊特不僅沒有對丹鹿進行逆向奪命連環 Call，也沒有回覆他任何訊息，這很不尋常。

「哪裡怪怪的？」

「嗯……也沒什麼，就是比之前安靜了一點。」可能是因為忙著應付兩名男巫吧？丹鹿心想。他看著自己裝著髒東西的小冰箱：「不過到底為什麼要放在冰箱裡？」

「喔不，他們本來想把那個髒東西放在我的保險櫃裡，但我把它移進冰箱了。」

「為什麼？」

榭汀笑咪咪地說到：「總不能讓他們過得太舒服吧？」

坐在小金龜車後座的賽勒打了個冷顫，明明氣溫不低，他卻覺得莫名寒冷。

「喂，把冷氣關掉。」賽勒命令著副駕駛座上的柯羅。

「誰理你啊。」柯羅兩腿交疊在前座置物櫃上，還刻意把車內的冷氣開到最大。

賽勒不說話，差遣幾隻蠍子爬過去關掉冷氣，柯羅又打開，蠍子又關掉，如此來來回回。

柯羅憤怒了，他開始拍打起蠍子，但蠍子躲得又快又敏捷，還引導著柯羅一掌拍在萊特臉上。

「痛！」

車子在逆向車道滑行了一小段，還好開往小村莊的路上根本沒有其他車輛。

一番掙扎之後，柯羅坐回了副駕駛座，一臉不爽地打開車窗。平常他大概會跟賽勒亂戰到底，但今天本來會在旁邊制止他的萊特有點心不在焉，這讓柯羅十分在意。

「你還好嗎？」柯羅用手指掠過萊特紅腫的臉頰。

「嗯，很好，有點耳鳴而已，沒事。」被無辜打了一巴掌的萊特只是搖搖頭，視線依然緊盯路面，看起來並不是很在意賽勒無聊的惡作劇。

柯羅不爽地咬著指甲，這本該是個能和萊特談談的好機會，但後面多出來的賽勒硬生生破壞了這個難得的機會。

賽勒也不管前方的騷動，他坐在後座，翻著本該拿在柯羅手上的案件資料。

少了萊特平常吵鬧的聲音，小金龜車裡一片寂靜，只剩賽勒翻著紙張以及偶爾輕哼兩下的聲音。

柯羅看向車窗外。外面和車內一樣安靜，沿途都是山林曠野，一個人影都沒有，只有偶爾出現的幾隻山羊在路邊吃草。和先前的案件不同，就算是最荒涼的苦惱河小鎮可能都沒有這裡如此死寂。

路邊立著的羊皮莊招牌甚至已經破舊到歪倒在一邊，而且無人注意。

「人都去哪裡了？確定我們沒有走錯路？」柯羅探出頭，空氣中有種冷冽古怪的氣味，竟然讓柯羅起了一身雞皮疙瘩。

「沒有，就在前面。」萊特說。

就在小金龜車歷經了辛苦的長途跋涉之後，他們總算看到有人類活動的跡象，好幾棟看起來有點老舊的房子分散在平矮的山坡上，四處都是圍籬和畜養家畜的羊舍或牛舍。每棟房子之間相隔不近不遠，保持著一股淡淡疏遠的距離感。

「我從來沒有見過這麼偏僻又無聊的地方。」賽勒一臉失望，他還以為跟著教士出來辦案會去到什麼新鮮有趣的地方。

但羊皮莊就和案件資料裡記載的一樣無聊。

根據檔案的記載，羊皮莊的居民大多以飼養家畜為業，自給自足，平日很少與外界聯繫。居民大多是虔誠的鷹派信仰者，民風相當純樸保守而迷信，近年來甚至傳聞村莊內還保有非法獵巫的習慣。

這種無趣的小村莊不是更該讓它自生自滅嗎？賽勒看著每棟屋子上都掛

著的十字架，心裡默默想著。他闔上案件資料的同時，車也停在了某棟房子前。這裡的人甚至連趕羊的獵犬都沒養，讓整座村莊更添淒涼。

「時間差不多了，我們要先去拜訪這次聯絡教廷的一戶人家。」萊特看了眼手表，拉起手煞車。

羊皮莊已經多年不曾主動和外界聯繫，近幾年甚至連教廷派員前往布道都被以各種理由回絕了，這在信仰虔誠的小村莊裡是件很古怪的事情。但由於小村莊相當封閉，教廷也很難強制居民們接受布道。

這次的案件是這裡的其中一戶人家在無奈之下，主動聯絡教廷及黑萊塔，黑萊塔才能派人前往調查。似乎在村莊之中，出現了他們再也無法再迴避的怪事。

「你覺得這次是什麼呢？單純失蹤案？流浪使魔？還是最常見的家裡有人失蹤通常是爸爸痛下殺手？」賽勒的語氣像是在玩偵探遊戲。

不過或許對針蠍來說這就是遊戲吧？萊特看著對方，聳聳肩：「不知道，所以我們現在要去搞清楚這件事。」

「還是要進行最無聊的審問受害者家屬環節？」賽勒嘆息，一臉無趣地下車。

「你可以待在車上就好，我們會開著車窗讓你可以哈氣散熱。」柯羅冷哼道。

「像你剛剛那樣嗎？不了，我對當狗沒興趣。」

柯羅瞪著賽勒，賽勒瞪著柯羅，直到萊特把準備像凶猛的吉娃娃一樣衝上去的柯羅拉開。

「不要吵架，有人在看。」萊特說。

一行人往上看去，山坡上的房屋內，有人紛紛從門口探頭張望他們，每個人都面如死灰，像是很久沒曬太陽一樣。有些人甚至只露出一條門縫，躲在黑暗裡觀望。

「這個地方讓人很不舒服。」柯羅說，他脖子上的雞皮疙瘩一直沒有消退。

「這裡的空氣聞起來有股臭味。」賽勒皺著眉頭。

柯羅看了賽勒一眼，因為他也聞到了奇怪的味道。

萊特打開後車廂，將武器袋背上。柯羅已經很久沒看見他背過那個東西了。

「這個小村莊和我們以往去過的地方不太一樣，這裡的居民對巫族非常不友善，可能比起我們去過的任何地方都還要嚴峻。為了安全著想，請你們兩位盡量待在我看得到的地方。」萊特說。

「不用擔心安全問題，有我在呢。」賽勒一把搭上萊特的肩膀，他掃視那些探出頭來觀望他們的居民，從他的衣領裡爬出了許多隻紅蠍。「只要螫一下就能解決所有問題喔。」

「這就是我最擔心的問題，拜託冷靜點。」萊特搖頭。

「放開萊特！你這變態！」柯羅一腳踹在賽勒背上，卻被對方躲開了。

賽勒自顧自地走在前面，毫不畏懼那些不懷好意的視線，還嘲弄似地回頭看了柯羅一眼。

柯羅咬牙嘖了聲，卻沒有追上去，而是待在萊特身邊。

「不舒服就躲過來，下次他敢再隨便碰你我就捏死他。」柯羅喀啦喀啦地折著手指，影子很有保護欲地黏在萊特的影子上。

萊特沒說話，他看著柯羅笑了出來。

「幹嘛？有什麼好笑的？」

「沒有，只是覺得柯羅好可靠啊。」

萊特軟骨頭似地倒在柯羅身上，被柯羅一拐子架在腹部，只是看上去完全不痛不癢。

而這時，離他們最近的房子裡走出一個身材非常消瘦、滿頭灰髮女人，她似乎已經等待萊特他們許久了。

約書張開眼睛，從病床上驚醒。

「發生什麼事了？現在幾點？我在哪裡？」他慌張地坐起身，左右張望，卻被忽然出現在身邊那一團毛茸茸的黑色巨物嚇到了。

黑色大豹就坐在他身邊，濕漉漉的鼻頭發出呼嚕呼嚕的聲音。

「你太吵了。」大豹說。

「我……」約書先是撫著胸口，隨後向大豹伸出手，揉了揉對方毛茸茸的耳朵，情緒複雜卻依然面無表情地說道：「我終於因為太累死掉而上天堂了嗎？米○鼠在哪裡？快告訴我，貓貓……」

暹因一掌揮了下去。

「啊，貓肉球。」約書有點痛又有點享受。

「你沒上天堂，你只是在醫護室裡。」對於這種反應顯然已經見怪不怪的暹因跳下床，又鑽回蘿絲瑪麗的病床。

約書抬頭，原本處在昏迷狀態的蘿絲瑪麗不知何時已經清醒了，她靠坐在床頭，面容依然憔悴，但精神看上去還不錯。

「現在的年輕人體力都這麼差嗎？」這從她還有心情調侃約書就可以知道。

蘿絲瑪麗撫摸著暹因的腦袋，挑眉看了約書一眼：「聽說你累倒了。」

「蘿絲瑪麗。」約書頷首，然後辯解：「不是我體力差，我只是好幾天沒睡好覺了，加上我今天早上才被利維坦刮了一下腦袋。」

「利維坦嗎……那隻使魔確實是討厭到足以讓人昏倒的程度。」蘿絲瑪麗說。

「嗯，還有牠的那頭『秀髮』們。」暹因插嘴。

「對吧。」尋求到認同的約書慢吞吞地從床上爬起來，他的腳已經好多了。

「不過，那也是昨天早上的事了吧？」蘿絲瑪麗說。

「昨天？」

約書毛骨悚然，他看了窗外一眼，居然已經白天了。他還以為自己只是昏睡了兩個小時左右，沒想到已經過去一整個晚上了嗎？

世界即將毀滅的預感襲來，約書急急忙忙地想下床，一隻烏洛波羅斯卻從床底下鑽了出來，不讓約書動作。

「你應該再躺一下。」伊甸正好從醫護室外走進來，看見清醒的蘿絲瑪麗，他向她微微頷首示意。

「現在是什麼狀況？案件呢？學弟們呢？」

「別緊張，我替你分派好了任務。」伊甸在約書的病床旁拉了張椅子坐下。

「羊皮莊那個案件你派誰去？」

「萊特、柯羅……和賽勒。」

「賽勒！」約書一時沒能控制音量，他一臉不敢置信地喊道：「你在跟我開玩笑嗎！你讓萊特帶著賽勒去那種地方出任務！你瘋了嗎？」

「沒開玩笑也沒瘋。」伊甸按了按被吼得嗡嗡作響的耳朵：「他們是我們現在唯一能動用的人力了。」

聽著他們的對話，蘿絲瑪麗哼笑一聲，她對著暹因說：「看看我睡著時錯過了多少精彩的事，以後會不會錯過更多呢？」

暹因把腦袋埋在蘿絲瑪麗懷裡沒說話。

「快去把他們幾個叫回來！或者我們現在就出發殺去那裡，這個案件由我們自己處理比較保險。」約書一邊命令一邊尋找自己的教士袍。

伊甸嘆了口氣，隨手把病床旁櫃子裡的教士袍拿出來，遞給約書。

約書看著伊甸手上的教士袍，他眉尾一挑，反倒覺得有什麼地方不對勁：「我還以為你會阻止我。」

「我不用阻止你，因為你去不了羊皮莊。」伊甸說。

「你憑什麼說我去不了，我爬也會爬過去的。」約書以為伊甸在和他賭氣。

伊甸搖搖頭，嘆息道：「就算教廷來信要你立刻回白懷塔一趟，你也還是要去？」

「教廷要我回去？」

「對，我收到信件，也接到了來電。」

上衣穿到一半的約書一臉不解地問：「為什麼？和這兩天丹鹿他們發生的事情有關嗎？還是賽勒的事被發現了？」

約書一陣頭皮發麻，腦海裡開始思考著要用什麼方法才能讓所有人都安全避開教廷可能會給予的懲處。

「不，與這兩件事無關，如果是這兩件事，教廷更有可能直接派人來把這群闖禍精抓回去，或乾脆派出獵巫隊伍來獵殺賽勒。」

「確實是這樣沒錯，但我不懂他們還有什麼理由急著把我叫回去。」

「雖然沒有詳細說明是為什麼，只說要你回教廷向大主教回報，不過……」

「不過什麼？」

「不過他們附了一則新聞。」

伊甸讓烏洛波羅斯將約書的平板還給他。

約書接過平板一看，一則斗大的靈郡市新聞寫著：**鷹派教士對占卜巷進行肅清，流浪男巫再度遭受火刑……**

約書看著那則新聞，感到震驚不已。

「我猜很有可能和我們去占卜巷時發生的事情有關。」伊甸補充。

「怎麼會被寫成這樣？」

「聽說是當時那些被控制住的占卜巷居民跑去跟雜誌社說的，消息卻不知為何越傳越廣，最後被傳成這樣，甚至驚動到了教廷。」伊甸說。

約書真的沒想過惹上麻煩的可能會是自己。

「這真是太荒唐了。」約書把臉埋進手掌心，深深地嘆了口氣。

「別哭。」伊甸說。

「沒哭啦！」約書很不爽地抬頭瞪了伊甸一眼。

伊甸的笑容很沒同情心，他故意問：「你現在還想把萊特他們找回來，換我們自己上陣嗎？」

約書無奈地嘆了口氣，繼續將穿到一半的教士服穿好。

「我們先去教廷一趟，看看到底是怎麼回事。」打定主意，約書從病床上站了起來，烏洛波羅斯們很快地跑來攙扶他，像娘娘身旁的小太監一樣。「至於萊特那邊只能祈禱他們一切順利，賽勒不要把你搞到肚破腸流就好了。」

「我不會肚破腸流，我只會……」

「啦啦啦啦我不想聽！」約書轉頭看向蘿絲瑪麗：「蘿絲瑪麗，妳一個人可以嗎？需不需要叫榭汀他們過來？」

「不，不用了，讓我好好地安靜一會兒。」

蘿絲瑪麗撫摸著暹因，她看著病床旁簇擁著自己的茂盛花草，不知道在想些什麼。

約書點點頭，伊甸讓他搭著肩膀準備離開醫護室。

「對了，我還有件事情想跟你說。」在離開醫護室時，伊甸又再次開口。

「不會吧？又是什麼事？」

「關於袖釦的事情，我找到它的主人是誰了……」

CHAPTER 8

羊皮莊

萊特調整著鬆掉的袖釦，自從拿回袖釦之後，這個袖釦就怎麼也沒辦法好好使用，總是會自動脫落。

「你有在聽我說話嗎，教士？」女人虛弱的聲音喚回了萊特的注意力。

「有的，抱歉。」萊特說，他看向眼前的女人——茱莉亞．辛，這次向教廷通報異狀的羊皮莊居民。

案件檔案裡記錄茱莉亞是個年紀大約四十歲、十幾年前從外地嫁來羊皮莊的家庭主婦。照片裡的她有一頭褐髮，身形微胖，看上去神采奕奕。

不過萊特見到本人之後，卻發現她和照片裡簡直判若兩人。

如果不是看過茱莉亞的檔案，萊特可能會以為眼前的茱莉亞已經有六、七十歲了。

雖然是十年前的照片，但照片裡那個活潑可愛的褐髮女人不知道在羊皮莊經歷了什麼，她現在看起來骨瘦如柴，肩胛骨和肋骨都明顯突出，原先的一頭褐髮都變成了稀疏的灰白色。

更加古怪的是，茱莉亞身上的皮膚異常鬆垮而蒼白。

「你帶來的兩個男巫真的不會亂跑吧？」茱莉亞伸出手指，指著外面草皮上的柯羅和賽勒。

男巫們不得進入民宅之內，這已經是萊特他們每次到鄉下地方的必經過程了，原先想要一起跟進屋裡的柯羅和賽勒毫不意外地又被擋在門外。

「請放心，我有交代過讓他們待在原地。」萊特說。他原本是想請兩位男巫先回車上等他，但被兩人同時一句「我才不想像狗一樣在車上等你」給堵了回去。

無奈之下，他只能請兩人先待在羊圈裡等著。

也許當羊比較快樂吧，萊特實在很想吐槽外面的兩個人。

萊特將視線放回茱莉亞身上，卻無意間注意到茱莉亞的手。茱莉亞的手指看起來異常粗大且厚實，上面布滿厚繭，而且食指和中指、無名指和小指看上去像黏在一起，呈現動物般的蹄狀。

萊特不確定那是因為疾病還是個人衛生關係所導致的。

茱莉亞神色呆滯地看著窗外的柯羅和賽勒好一陣子，才轉過身走進客廳，並示意萊特跟上。

辛家的屋子裡有股腐爛的臭味，地上和桌上都堆滿雜物，吃剩的髒盤子也堆疊在桌上，看起來屋子的主人已經放棄清潔很久了。

萊特環顧四周，和柯羅及賽勒一樣，其實他從到了羊皮莊之後就一直聞到一股特別的臭味，只是進了辛家之後氣味變得更加濃厚了。

不是食物腐爛的味道，而是參雜在其中的、另一種難以形容的臭味。

萊特注意到了被掛在牆上的幾張皮毛。

正如同「羊皮莊」這個名字一樣，這裡的村民靠豢養牛羊維生，家裡有幾張皮毛並不奇怪。據說他們早些年還會外出販賣從深山裡打獵取得的珍稀動物皮毛。

不過真正讓萊特在意的，是那些蒼白的皮毛中，有幾張看起來只有皮沒有毛，鬆鬆垮垮地垂掛在牆上，有點像女主人手臂上的皮肉。

「抱歉，我最近身體不舒服，所以家裡有點亂。」茱莉亞說。她光是走進客廳，坐在那張沾滿塵土的沙發上都已經氣喘吁吁。

「沒關係。」萊特左右張望，最後隨手拉了張看起來最乾淨的椅子坐下。只是女人坐下來之後，又開始看著窗外的柯羅和賽勒發呆，偶爾看向座落在一旁的羊舍。

「女士？」

「抱歉，我們必須趁我丈夫回來之前趕快談完，不然他會很生氣，畢竟你帶著兩個禍害。」

禍害？萊特因為對方突如其來的嚴厲措辭而皺了皺眉頭，不過他也無法多說什麼，因為女人顯然沒有精力聽他進行教育演說。

萊特看著女人不斷用手抓著自己的皮膚，而她的皮膚也因不斷抓撓直掉皮屑，實在很讓人分心。

「您來信說您的兒子湯姆失蹤，想請我們來調查，對嗎？」清了清喉嚨，萊特忽視那些脫落的皮屑詢問道：「能不能跟我說說發生了什麼怪事，讓您必須找上教廷？」

茱莉亞又安靜了一陣子才開口抱怨：「那些警察一點用都沒有，我跟他們說湯姆一定是受了詛咒，被山裡的女巫們帶走了。女巫來報復了，他們卻說是我的腦子生病了，一點辦法也沒有。」

「被詛咒？被誰詛咒？您怎麼知道是山裡的……」

茱莉亞沒有理會萊特的詢問，彷彿在跟空氣對話一般，繼續自言自語地抱怨著：「我和我的丈夫說，他也不理我，他說湯姆生病了，我也病了；我和鄰居說，他們也都說是湯姆生病了，我也病了……這些人真是一點用都沒有，只活在自己的世界裡，他們才是一群真正的病人。」

萊特插不上話，女人就像被上了發條的機器，自顧自地碎念著，完全不搭理他。

「我和他們說過很多遍了，那些女巫沒死，她們會回來報復我們。但他們不信，只會說什麼『我們當年已經將她們全部殺死了』這種蠢話。」茱莉亞幾乎把自己的皮膚抓到流血，萊特這才發現她手臂上的一些黑點可能是結痂。「這下好了，連我們的兒子也弄丟了……湯姆啊我的湯姆！」

茱莉亞忽然嚎啕大哭了起來。

湯姆．辛是茱莉亞十八歲大的兒子，根據警方和教廷彙整的資料，湯姆在幾個月前不知道忽然生了什麼病，好幾天足不出戶，然後某一天就這麼消失了。警方一直懷疑是湯姆久病厭世，自己跑去深山了結自己。

「我能不能問問湯姆在不見之前生了什麼病？」萊特耐心地詢問。

「那不是生病，那是詛咒，我不是跟你們說過了嗎？」茱莉亞看起來很不耐煩，她用手指撫過頭髮，扯下了一大撮。

「抱歉，請問是什麼樣的詛咒呢？」

「湯姆原本很健康，他十八歲生日那天他爸爸讓他獨自去剝一隻羊的皮，剝完之後湯姆就病了。他的行動變得緩慢，開始掉髮，膚色蒼白又鬆弛，眼睛也變得混濁，手指都黏在一起了。」

茱莉亞一邊哭一邊描述著湯姆的狀況，萊特卻覺得茱莉亞像是在描述自己。

「村莊裡很多人都受了這樣的詛咒，他們卻沒意識到事情的嚴重性，他們每天晚上只會和湯姆一樣發出哭嚎聲，就像羊舍裡待宰的羊群一樣。」茱莉亞用她黏在一起的手指擦掉淚水。

村莊裡還有其他人也有同樣的狀況？萊特把這點記錄在了事典裡。

「那麼，他是怎麼失蹤的呢？」

「一個禮拜前的星期五晚上，我去送晚餐給湯姆，卻發現湯姆不在床上，從那之後我就再也找不到他了。那些警察說湯姆是自己跑到山上，但湯姆病到連床都下不了，甚至只能用四肢爬行，他怎麼可能一個人上山？」

這點和警方交給教廷的紀錄是一致的，萊特思索著這古怪的狀況會不會和使魔有關。

「您說這裡的山上有女巫是嗎？」萊特問。因為根據教廷的線報，雖然過去確實存在，但羊皮莊已經很久沒有流浪巫族在附近活動的跡象了。

「對，你沒看到嗎？那些能變成野獸的女巫們就站在那裡，在樹林裡，等著夜晚帶走所有被她們詛咒的人，報復這裡居民過往的罪孽。」

萊特轉頭望向窗外，茱莉亞所指的地方只站著柯羅和賽勒，而她所謂「森林裡的女巫」，看起來只是樹木的陰影。

「居民犯了什麼罪孽，讓女巫想來復仇呢？」萊特繼續問。

茱莉亞頓了頓，她看著萊特說道：「他們剝下了她們的皮。」

「慢死了……」柯羅雙手插在口袋，踢著地上的小石頭。

賽勒正在一旁四處亂晃，雖然說好了他們只會待在羊圈裡萊特隨時能看到的地方，但賽勒很快就開始待不住了。

「喂！你別亂跑！」柯羅對著賽勒喊道。

「你被馴養得很好呢，像綿羊一樣，難道教士是牧羊犬？」

「你在胡說什麼？」

「沒什麼。」

柯羅覺得很火大，賽勒這傢伙總能想辦法用一些讓人摸不著頭緒的話激怒他。

「話說……你明明也看到了吧，有關於教士的身世？」賽勒隨口提起了這個話題。

柯羅不說話，只是瞪著賽勒。

「別那樣看我，當初闖進那段記憶的是你不是我，我只是湊巧看到的旁觀者。」賽勒開始四處走動，離開了他們本該待的地方。

「那是萊特的事情，我警告你，下次你敢再隨意查探他的記憶，我一定會給你好看。」柯羅沉聲說道。

賽勒看著柯羅腳下晃動的影子，他知道對方並沒有在開玩笑。

「你想用什麼對付我？你的棉花糖影子？還是你肚子裡的傢伙？」賽勒勾起嘴角。

「無論是哪種，只要能把你打得滿地找牙我都會用。」柯羅表情沉靜，他此刻的模樣讓賽勒想起了某個人。

「你對教士的保護欲真強，也許你才是那隻牧羊犬。」

「我聽不懂你在說什麼，你就不能好好說話嗎？」

「我只是想知道，難道你一點也不好奇嗎？有關於你的教士身上藏著的祕密……」賽勒看著柯羅。

挖掘祕密是他們巫族的天性，柯羅不可能毫無反應。

「和我一起合作強迫教士把他的祕密吐出來如何？我們可以先迷昏他，他什麼都不會發現的。」賽勒提議。

「你去吃羊大便吧，賽勒。我說過不准動萊特。」柯羅的表情異常堅定。

「神聖的大女巫啊，你真的很愛你的教士，這讓我覺得你……真是有夠無聊的。」賽勒搖了搖頭。

「我不需要讓你覺得有趣。」柯羅握緊拳頭，他真的快受不了了，偏偏萊特遲遲沒有走出那棟老舊的平房。

「對、對，隨便啦。」

不過此時的賽勒似乎對柯羅不再感興趣，他四處走走看看，開始對這座詭異的小村莊產生好奇心。

「你要去哪裡？」柯羅看著越走越遠的賽勒，此時他正想繞到房子背後。

遲疑了一會兒，柯羅翻了好幾個白眼，還是跟上了對方的腳步。

「喂！回去那裡待著！」

「你不覺得奇怪嗎？」賽勒用手支著下頷，完全沒有理會柯羅的警告。

「我說過那是萊特自己的問題，不需要你我過問。」

「我不是在說那個，我是說這裡明明有羊圈也有羊舍，但卻一點聲音也沒有……你不覺得這裡安靜得很奇怪嗎？」賽勒沿著屋子行走，最後在一扇窗前停了下來。

經過賽勒一提，柯羅才注意到這件事。

確實，當他們安靜下來時，周遭幾乎沒有半點聲音，完全不像是以飼養牛羊維生的地方。

「而且當我們接近這棟房子時，那個我一直說的臭味也越來越濃了。」

「你是說那種帶著燒焦的臭味？」柯羅問。

「對，你果然也聞到了。」

那股臭味很難形容，就像有人在燃燒腐肉一樣。在他們剛到羊皮莊的時候，那股味道並不是非常明顯，但偶爾在無意間轉頭時，卻會忽然湧出一股濃烈的氣味。

當賽勒和柯羅來到委託調查的家屬的房子後方時，那股味道竟濃烈不止。

「太奇怪了，屋子裡不知道有什麼？」賽勒說。他們面前的所有窗戶都被人用窗簾遮了起來，只有其中一扇露出了一個小角落。

賽勒試圖透過那個小角落查看，但室內太暗了，他什麼也看不到。

「喂，柯羅，光影的問題你有辦法解決吧？」賽勒揚了揚腦袋示意柯羅解決光線的問題。

「我為什麼要幫你？我們應該回去原本的地方。」

「別掃興，柯羅，你什麼時候變成乖寶寶了？拿出一點你們極鴉家的瘋狂好不好？」

「你——」

「再說了，我們現在是在幫忙辦案，不是嗎？」

賽勒盯著不說話的柯羅，眼見對方還是沒有動作，他嘆了口氣，聳聳肩，好幾隻蠍子從他的衣領爬了出來。

「不然我讓蠍子們爬進去幫我打開窗戶好了，我自己溜進去看看房子裡面到底藏著什麼……」

「慢著！」

在蠢蠢欲動的蠍子們爬下賽勒的身體之前，柯羅極度不悅地大步一跨，站到賽勒面前。

柯羅將手掌貼在唯一露出縫隙的窗戶上，一陣光暈在他掌心中跳動，並沿著窗戶玻璃透進室內。光線太過強烈，讓室內整個都暴露在刺眼的亮光之下。

「太亮了。」賽勒湊到柯羅身邊。

柯羅瞪了對方一眼，針蠍家的人完全不注意人和人之間應該保持適當的距離。

嘖了兩聲後，柯羅還是慢慢將光線調弱。

賽勒將虎口靠在眉心上，靠在柯羅身邊，緊緊貼著玻璃窗往內望去。

整個房間看起來像異常雜亂的雜物間，堆放著一堆不知名的雜物。而其中，最吸引賽勒注意的，是掛在牆上的幾張毛皮——那幾張毛皮被畫框裱了起來，釘在牆面上，像戰利品一樣。

但那幾張毛皮怎麼看都不像動物的毛皮，看起來反而更像……

忽然，一陣嬰兒哭聲傳來，打破了他們到達這裡之後的詭異寧靜。

柯羅和賽勒同時往後方望去，隨後兩人對看一眼，因為嬰兒哭聲並不是從辛家的房子裡傳來的，而是辛家的羊舍。

「你說這合理嗎？」賽勒托著下巴，一臉很感興趣的表情。

當然不合理，柯羅心想。但他沒有回答。

「如果這是什麼B級恐怖片，我們兩個現在進去羊舍就會馬上被某種嬰兒怪物襲擊，你會被咬掉腦袋，我會被咬掉下半身然後邊爬邊向外面求救。」賽勒說。

柯羅冷冷地看著賽勒，他有生以來第一次想吐槽卻不知道從哪裡開始吐槽起。

賽勒盯著羊舍，嬰兒的哭聲已經停止了，但他還是點點頭：「我們進去看看吧？」

「你剛剛不是才說我們會被咬掉腦袋和下半身嗎！」柯羅吼道。

「但我們又不是B級恐怖片裡的普通人，我們是男巫，我們肚子裡有更恐怖的東西。」賽勒聳肩，邁開步伐就要往羊舍前進。

「等等，賽勒……賽……」柯羅話還沒說完，他們身後忽然槍聲大作。

兩人停下腳步，錯愕地看著子彈劃過他們身邊。

前方，一個拿著獵槍的農夫從不遠處走來，一邊對著他們大聲咆哮著：

「你們在我的羊舍旁邊做什麼！滾遠點！」

「喔喔——」賽勒一副不小心闖禍卻毫不在意的模樣，他嘆了口氣說：

「最近我跟獵槍很有緣呢，幾乎天天被獵槍指著。」

柯羅咬牙切齒地瞪著賽勒，在農夫用獵槍射殺賽勒之前，他可能會先把賽勒揍死。

「聽著，我們沒有惡意，我們只是教廷派來查案的而已。」柯羅舉起雙手，小心翼翼地看著逐漸逼近的農夫。

農夫帶著帽子，身材壯碩肥胖，身上滿是泥土髒汙。他舉著獵槍的雙手在顫抖，不知是因害怕還是因為憤怒。

「教廷……男巫？你們是男巫？」農夫喃喃自語著。

柯羅終於看清楚了農夫的樣貌，農夫的臉看起來蒼老又疲憊，眼神混濁，鬍渣叢生。他死死咬著牙根，看上去非常、非常地憤怒。

「對，我們是男巫，但我們並沒有……」

柯羅話還沒說完，農夫便抬起獵槍對著他們扣動扳機，而且看上去並不是只想警告他們的樣子。

賽勒的臉色逐漸陰冷，看見男巫蜷曲起手指的柯羅立刻彎腰觸摸地面，然後用力衝向賽勒。

農夫開槍的同時，柯羅的影子浮了起來，不偏不倚地替他們擋住了子彈。子彈像射進巨大的黏土中，被鎖在陰影裡。

而那些爬向農夫的毒蠍子也全都被自己的的影子釘在原地。

柯羅衝向賽勒後直接把人撲倒，兩人在地上狼狽地滾了兩圈之後，柯羅猛然從地上爬起來，徒手拉著賽勒的影子把人當布袋一樣直接拖著逃跑。

但農夫就像瘋了似的，他不停開著槍並追了上來。

「放開我！柯羅！」賽勒狼狽地在地上掙扎著，但影子被拉拽的力量比他想像的還大。

柯羅沒有理會賽勒的警告，他甚至控制著賽勒的影子摀住了對方的嘴，只是太多地方要兼顧，制止了賽勒就鬆懈了另一邊。

農夫異常憤怒地吼叫著，又朝著柯羅他們猛開了幾槍。影子這次沒能完全擋住子彈，只是讓子彈的力道變弱，偏離彈道。

為了閃避子彈，柯羅被腳下的石頭絆了一跤，跌倒在地。

眼看農夫就要追上他們，他死死瞪著對方的影子，耳邊只聽見自己肚子裡傳來了蝕的聲音——吃了那傢伙。

房間忽然閃現刺眼的亮光時，萊特就注意到了不對勁。他往窗外望去，原本應該乖乖待在羊圈裡的賽勒和柯羅竟然不見了。

茱莉亞還在不停地喃喃自語著，直到他們都聽到了一聲很明顯的、類似嬰兒哭嚎又類似羊叫的聲音。

原本不斷碎念著的茱莉亞閉上嘴，她逃避似地摀住耳朵，甚至開始啜泣起來。

「討厭死了，好討厭的聲音啊，牠們每晚都在哭嚎著女巫要來了，為什麼現在也要叫？」

萊特還沒來得及問清楚，外頭忽然傳來一聲槍響。

「他回來了，我丈夫回來了。」這是茱莉亞的第一反應。

一股不祥的預感湧上萊特心頭，他抓起武器袋，隨手拿了把教廷配給的手槍往門外衝去。

當萊特將門打開，拖著賽勒影子的柯羅正倒在地上，面無表情地盯著舉著獵槍的農夫；而農夫腳下的影子正在竄動，逐漸變成手的形狀往他身上攀爬。

柯羅盯著農夫的眼神十分冷洌，彷彿在盯著什麼沒有生命的物體一般，而那個物體正好擋住了他的去路……

「柯羅！等等！」

萊特喊道。

柯羅和農夫同時看向萊特，農夫腳下的影子停止了動作，但農夫的動作卻沒有停止。看到手裡也拿著槍的萊特，農夫舉起獵槍，漆黑的槍口筆直地朝向他。

「萊特！」

柯羅要制止時已經來不及了。

農夫對準了萊特的腦袋，直接扣下扳機——

CHAPTER 9

亞森

「砰」的一聲。

巨大的聲響讓路橋邊的鴿子們全都飛了起來。

威廉轉頭一看，原來是某個街頭賣藝的小丑在幫孩子們灌氣球，一個不留神直接把可愛的獨角獸氣球給吹爆了。

小丑感到抱歉，小朋友們則是哇哇大哭了起來。

威廉看了眼旁邊哈哈大笑的圍觀群眾，他穿戴好斗篷，回過頭繼續漫無目的地在大街上前進。

和瑞文見面之後，威廉感到心煩意亂，他不想承認瑞文說的那些話可能都是真的。原本他回到黑萊塔想找萊特，也不確定自己只是想見見對方，還是想和他說說話，或是把這些祕密全部告訴他，讓他提供一點意見什麼的。

總之，威廉就是想見萊特，萊特會讓一切事情都變得比較好過，他是這麼想的。

但萊特並不在黑萊塔內，柯羅甚至告訴了約書他所犯下的過錯，讓約書責備他，怪他沒有好好接受自己教士的約束。

威廉受夠了，於是他再次離開黑萊塔，而這次出來，他就不打算回去了。反正就算他不回去，也沒有任何人會來找他。

萊特和柯羅在一起，他根本沒功夫理會自己，格雷就更不可能了。黑萊塔的那群人無論是誰，都只有在想利用他的能力時會才找上他。

威廉回過家，但家裡只有他一個人，而一通安慰他、甚至尋找他的電話也沒有。或許連萊特都已經不想再關心他了，因為他做了差點害死柯羅的事情。

他沒有朋友，也沒有伙伴。

威廉神色木然地用手指抹掉眼眶裡的淚水，一個轉彎後，他走進了巷弄內，背貼著牆躲在陰影處站定不動。

果然，很快地，有腳步聲跟了上來。

一個人影急急忙忙地跟隨著威廉的步伐閃進巷弄中，然後左右張望，直到躲在陰影下的威廉出聲：「你到底想幹什麼？」

那個人影嚇了一跳，心虛地轉過頭來。

「你發現我了？」

「我知道你從昨天就一直跟著我。」

威廉看著眼前和自己年紀相仿的少年，他有著一張娃娃臉，一頭接近白色、精悍的短金髮。他穿著一套白色的馬甲西裝，脖子上是跟他一樣的領結。

原本抱持著敵意的威廉在發現這點之後，忽然很難向對方發脾氣了。

「所以，這就是你人形的樣子？」威廉挑眉，他們甚至連身高都一模一樣。

「對。」亞森搔了搔後腦勺，被威廉盯著竟然有些不好意思起來：「你有什麼意見嗎？」

威廉雙手環胸，背靠在牆上，放鬆了原本緊繃的身體：「沒什麼，我覺得挺好的。」

「你那是什麼意思？」

「字面上的意思。」

看到亞森一臉疑神疑鬼地看著他的模樣，威廉竟然有點想笑。他很少有這樣調侃別人的機會，黑萊塔裡每個人年紀都比他大，他永遠只能被他們當成嘲笑或惡作劇的對象。

但亞森不一樣，娃娃臉的亞森看上去甚至比威廉更小一點。在亞森面前，威廉不像那個老是被其他男巫當成弱小生物一樣對待的小朋友。

「你一直跟著我到底想做什麼？」威廉問。

「還能是為什麼？當然是確認你有沒有跑回黑萊塔亂說話了。」亞森說。

威廉不說話，他原先確實有過是不是應該告訴萊特的念頭。

「瑞文這個笨蛋，我早就叫他做個能夠箝制你的約定就沒事了，他偏偏不聽……我只好自己跟上來確保沒有問題。」亞森嘆息。

「結果呢？」

亞森皺起臉看著威廉，一副質問他為什麼要問一些已經知道答案的問題。

「黑萊塔和教廷還沒有出動獵巫隊之類的來獵殺我們，我想瑞文可能說對了什麼吧。」亞森聳肩。

「那你為什麼還一直跟著我？」

「不知道，可能是看到你哭著跑出黑萊塔，想確認一下你沒事而已。」亞森很誠實地說：「畢竟我們還有事想找你幫忙，要是你有個萬一該怎麼辦？」

威廉忍不住笑出聲，結果從頭到尾最關心他的竟然是教廷和黑萊塔最憎惡的通緝對象嗎？就算他們也只是想利用自己，但黑萊塔的那群人卻連表面功夫都不願意做。

「呃……你還好嗎？」亞森盯著威廉，一臉彆扭地問。

威廉抬起頭來，這才發現自己又落淚了。他擦擦眼淚，想裝做什麼事情也沒發生，但在他說話之前，他的肚子先一步發出了咕嚕咕嚕的聲音。

空氣一瞬間凝結，威廉看著亞森，亞森也看著威廉。

威廉從昨天開始就沒吃什麼東西，而他現在唯一的希望是自己能夠就地因飢餓而死亡，不然他就要先因為丟臉而羞憤至死了。

威廉漲紅著臉不說話，像是在跟亞森比誰先說話誰就輸了的比賽。

最後，還是亞森先開口：「你身上有帶錢嗎？」

威廉搖了搖頭，他出門的時候什麼也沒帶。

亞森一臉無奈，他一邊摸著口袋一邊碎碎念著：「這種時候要是有瑞文在就會方便很多啊……」

「幹嘛？沒辦法說服我幫忙，所以想搶劫？」

威廉瞪著亞森，亞森卻專心地東摸西掏，最後終於從口袋裡掏出了一點東西。

威廉看著對方的掌心，那是幾張被揉爛的紙鈔。

幾分鐘後，領著威廉在小街上閒晃的亞森用那兩張破爛紙鈔買到了一根玉米熱狗，並塞進了威廉手裡。

「我的錢只夠買到這種東西。」亞森直截了當地說。

威廉愣愣地看著手上的玉米熱狗，亞森竟然買東西餵食他？

「你還想吃更好的東西嗎？那只有瑞文在的時候才能隨便你選擇啦，我身上就只有這些錢而已，沒有多的了。」亞森又開始翻找著口袋。

「不，沒事，這個就夠了。」威廉默默地吃起手上的熱狗。

兩人沉默地坐在路邊的長椅上，寧靜的小街區來往的人不多，所以沒有太多人對他們兩個醒目的男巫進行注目禮。

亞森用手支撐著臉不停盯著威廉，但威廉也沒有感到煩躁，因為對方的表情就像是在確認纖弱的小動物有沒有正常進食。

「接下來呢？你還要跟著我嗎？」威廉抹掉沾在嘴上的番茄醬。

「大概？」亞森的語氣有點不確定，很老實地說：「至少會跟著你直到確認你乖乖回家吧？」

「你好奇怪。」威廉忍不住說。

「哪裡奇怪？」亞森一臉被冒犯的模樣，但也沒有繼續多說什麼。

威廉好奇，如果今天自己和亞森不是這種敵對的關係，他們究竟會不會成為朋友呢？

盯著手上吃了一半的玉米熱狗，威廉已經不餓了，他開口詢問亞森：「為什麼你會追隨瑞文那種人？」

「別這麼說瑞文。」

「別怎麼說？」

「『那種人』。」亞森的語氣不太高興。「你們總是說瑞文是那種人，但你們根本不了解瑞文。」

「我確實不了解，一直以來，我對他的印象都是教廷描繪的。」威廉說。

「我才想問你們為什麼這麼相信教廷。」亞森對他翻了個白眼。「鷹派是一群真小人，獅派則是偽君子。」

「他們不是每個人都像你說的那樣。」威廉想起了萊特。

「是喔，那你為什麼哭著跑出來了？」亞森一句話堵得威廉說不出話來。

兩人又陷入一陣沉默，只剩下路邊野鴿咕咕叫的聲音，牠們在威廉腳下等著他的分食。

「所以瑞文到底有什麼好的呢？」

「什麼？」

「究竟是什麼原因讓你甘願追隨血鴉瑞文，為他與教廷為敵？」

威廉看著亞森，和他年紀相仿的少年跟窮凶惡極完全沾不上邊，威廉不明白這樣的一個人為何會待在瑞文身邊如此忠心耿耿。

「不只是與教廷為敵，如果瑞文需要的話，我願意為他犧牲生命。」亞森說，他一點開玩笑的意思也沒有。

「為什麼？」

「因為我這條命當初是瑞文救回來的。」

農夫扣下扳機的瞬間，柯羅瞪大了眼睛，冷汗從後背沁出，因為他根本來不及讓影子護在萊特前方。他看著萊特本能地舉起手護住自己的腦袋，「喀擦」一聲——

農夫的子彈竟然卡死在槍管裡。

異常幸運的萊特在愣了幾秒後，舉起槍對準農夫，讓農夫停下手邊的動作，同時也用眼神示意柯羅別衝動行事。

「聽著，我們只是教廷派來查案的，沒有惡意。」萊特要對方放下手上的獵槍。

「究竟是誰准你帶著男巫踏入我的地盤、侵入我的家園……」憤怒的農夫並沒有聽從萊特的話放下手上的獵槍，他一邊在嘴裡瘋狂嘟囔著，一邊清理彈匣，又要再次朝萊特開槍。

然而不管農夫怎麼扣動扳機，子彈就是不斷卡彈。

「大衛，是我找他們來的，我想找兒子，我想找到我們的兒子！」茱莉亞躲在門後瑟瑟發抖，但吼叫聲卻無比響亮，尾音甚至帶了點嬰兒般的哭腔，聽起來十分詭異。

賽勒依然被自己的影子綑在地上，嘴巴卻不知何時掙脫了影子的束縛，他看好戲般地躺在地上懶懶地說：「開槍啊，教士，你怎麼不開槍呢？」

「那是平民，我不能隨便開槍啦！」萊特說。

「你們真的很無聊……」

「閉嘴！賽勒！還有你們可不可以看一下情況！」柯羅咬牙切齒地瞪著兩個還在拌嘴的教士與男巫。

「我們的兒子早就不在了！我說過他只是生病，自己跑走了，妳不相信，竟然還膽敢讓男巫踏進我們神聖的村莊！妳讓我們多年前的努力都白費了！」

農夫大衛咬牙切齒地說著。眼見獵槍的子彈被完全卡死，他往回走向後院，似乎準備去拿另一把獵槍。

「湯姆沒有生病，那是詛咒，是詛咒……那個人詛咒了我們，他還帶走了他……請相信我。」茱莉亞跪坐在地上泣不成聲，鬆垮的皮肉全部癱在地上。

這樣繼續待在原地也不是辦法，知道如果繼續讓男巫們待在這裡只會讓衝突升級，萊特只能一臉抱歉地和茱莉亞說：「抱歉，我們先離開一會兒，等妳先生冷靜一點，我們明天會再回來的，好嗎？」

「相信我、相信我……找出我兒子，不然下一個被帶走的可能就是我了！」茱莉亞最後只是抓著萊特哭喊道。

萊特同情地點點頭，在聽到屋裡又傳來動靜之後，他起身拉著柯羅和賽勒趕緊離開。

在農夫大衛重新帶著新的獵槍衝出家門時，萊特早已拉著柯羅他們跑回那臺小金龜車上。

「不要讓我再看到你們跑回來！男巫們！」大衛．辛的吼聲在整個羊皮莊裡迴盪著，這次他的獵槍終於沒有卡彈了。

開著小金龜車猛踩油門離開的萊特他們聽到了「砰砰砰」的聲響，幾發子彈錯身打中了旁邊的花圃或信箱，就是沒有打在車身上。

「哈，我們太幸運了……」坐在後座的賽勒吹了聲口哨。

萊特從後視鏡裡看到賽勒一臉饒富興味地看著自己，他別開視線，只看到農夫大衛手裡拿著獵槍，遠遠地守在家門口。

羊皮莊的羊群們在這一瞬間忽然啼叫起來，聽起來像是有幾百個嬰兒同時哭喊著讓他們回去，但萊特的小金龜車卻依舊越開越遠……

天色漸暗，原本就不算暖和的羊皮莊在太陽下山之後氣溫瞬間驟降。

萊特和柯羅將小金龜車開到了一處曠野上，這裡離山較近，離羊皮莊的住宅區遠了許多。

由於調查未果，他們決定今晚在這裡紮營。

「現在的教士和男巫出門辦案還真是越來越克難了。」賽勒坐在萊特生起的營火旁，搖頭看著手裡的雜糧麵包和果汁，吃習慣高級料理的他忍不住抱怨：「你們沒錢能住民宿之類的嗎？沒零用錢要說啊，葛格可以借你們，只要你們拿身體或靈魂來做擔保就好。」

「可不可以拜託你，閉嘴。」柯羅的眼神像是要殺人。

終於搭好帳篷的萊特說：「羊皮莊附近完全沒有適合居住的民宿，我也問過有沒有人願意讓我們投宿了，可是……」

「可是他們拿出了獵槍？」賽勒說，他咬了一口雜糧麵包，皺眉，吐出，然後將麵包丟進火堆裡。

「對……」萊特也很無奈，羊皮莊的居民比想像中更加排外。不僅僅是憎惡巫族，有些居民甚至在看到教士時反應也很激烈。

萊特連續吃了好幾戶人家的閉門羹，無論他敲哪家的門，他們大多都態度急迫地想驅離他，連將門多開一絲絲縫隙都不願意。

原本一個信仰忠誠的小鎮為何會在這幾年間變得如此，這也讓人匪夷所思。

「話說回來，你也很奇葩，手上拿著槍不是對準我們而是對準了平民老百姓？」賽勒盯著在他對面坐下的萊特說。

「他要攻擊我們！」萊特理直氣壯。

「但我記得督導教士的手則裡應該記載著，『無論如何，平民優先』的規定。當時你的槍應該要指著動了殺意的柯羅。」

萊特和柯羅同時看向賽勒，賽勒則是一臉理所當然地聳了聳肩膀。

「畢竟我也在黑萊塔待過，我很清楚規則是什麼。」

「我是獅派的教士，這麼做很正常吧？」萊特說。

「不，我覺得你很不正常。」賽勒說。

三人一陣沉默，萊特看到賽勒身後的黑影開始不停晃動，他看著柯羅搖了搖頭，那匍匐在賽勒身後的黑影才慢慢退去。

「你們兩個的關係也很不一般。」賽勒頭也沒抬，肩頸上探出頭的蠍子又縮了回去。

「當然！」萊特光明正大地宣布：「我們是可以穿同一條內褲死後墓碑還

要葬在彼此身邊一輩子不離不棄的最好的伙伴。」

「你不要擅自決定我要葬在哪裡好不好？」柯羅說，十分斤斤計較：「我們中間至少要隔三個盆栽。」

「三個太遠了，要是我的靈魂想找你打牌但飄不過去怎麼辦？」

「那你的靈魂也太弱了！」

看著你一言我一語討論著他們的墓碑中間至少要隔幾個盆栽的教士和男巫，賽勒把空的果汁盒也丟進了火堆。

「我要進帳篷了，暫時先別吵我。」語畢，賽勒自顧自地進到了萊特搭好的帳篷，一把將拉鍊拉上。

萊特和柯羅互看一眼，很有默契地露出奸笑。賽勒不在，他們反而能獲得安靜。

柯羅咬著難吃的雜糧麵包，一邊安靜地吸著果汁，旁邊的萊特則是低著頭不知道在忙什麼，在地上挑揀著乾淨的樹枝

「你在幹嘛？」柯羅問。

萊特沒回答，而是把樹枝遞給柯羅，接著又從武器袋裡翻出了一袋——棉花糖？

「你為什麼會在武器袋裡放這種東西啊？」雖然已經見怪不怪了，柯羅有時候還是不懂教士的腦袋裡到底裝了什麼。

「噓……別說出去，這是我們之間的祕密。」萊特對著柯羅眨眼，伸手把棉花糖插在柯羅的樹枝上，兩人就著營火就這麼烤起了棉花糖。

天色完全暗了下來，今晚異常明亮的月亮從山間爬了出來，周圍一點聲音也沒有，只剩柴火劈里啪啦的燃燒聲。

看著棉花糖逐漸被烤出焦香的氣味，萊特和柯羅盯著棉花糖卻遲遲沒有動作。

柯羅緊緊握著手上的樹枝，棉花糖的一面已經烤焦了，他卻還是欲言又止。有些話他很想問，卻不知道現在是不是問的時候。

「這讓我想起了我們第一次去甜湖鎮出任務的時候呢。」率先開口打破沉默的是萊特，他的視線依然盯著燃燒的柴火。「那時候我們也在外面搭帳篷過夜，記得嗎？」

「誰忘得了啊。」半夜他們還被一隻無主使魔襲擊，帳篷被撕得亂七八糟。

「真讓人懷念，你那時候態度好差。」

「是因為你太煩了。」

「還記得你在帳篷裡變出了一堆漂亮的星光嗎？」萊特興奮地說道。

「我現在也能在帳篷裡丟出一堆煙火。」柯羅說。

兩人看著賽勒正待在裡面的帳篷，發出了「嘻嘻嘻嘻」的奸笑聲，但最後還是決定當一個堂堂正正的人——也許晚一點再進行這項惡作劇也不遲。

笑完之後，兩人終於吃起了被烤軟的棉花糖。

「所以……你們在鹿學長的腦袋裡究竟看到了什麼呢？」

彷彿已經知道柯羅想問什麼似的，萊特一邊吃著棉花糖一邊問，語氣相當不經意。

柯羅嘴裡剛咬進一坨熱燙燙的棉花糖，烤焦的部分苦到讓他說不出話來，他花了好一段時間才有辦法張開嘴巴。

柯羅看向身旁的萊特，萊特吃著棉花糖，和平常沒什麼不同的地方，就只是稍微安靜了點。他吞下棉花糖，過了一會兒才說道：「我不是故意要看的。」

「我明白，不用自責。」

「我當時不小心進到丹鹿的幼年記憶裡，當時他可能才兩、三歲左右？我不確定，總之，我藉此看到了哈洛．蕭伍德和丹鹿父親的對話。」

「爺爺和海爾叔叔？他們說了什麼？」

「他們提到了有關一個孩子的事情……」柯羅的語氣放得很輕，他又看了萊特一眼。萊特點了點頭，示意他繼續說下去。「還提到了有關於露德．蕭伍德的妻子沒辦法生育這件事。」

萊特沒有說話，他只是輕輕皺了一下眉頭。

「所以丹鹿的父親猜測孩子不是露德．蕭伍德與他妻子的，而是他的弟弟——昆廷．蕭伍德和一個不知名的女人所生。」

「昆廷叔叔……這就是為什麼賽勒會說他確認了父親和他的情報一致的原

因嗎？」萊特自言自語著，他沉默了半晌，再次向柯羅確認：「你確定他們說的孩子……是指我？」

不知道該說什麼，柯羅點了點頭，萊特則是盯著火堆出神，過了好半天都沒有說話，直到柯羅小聲開口詢問：「你自己知道這件事嗎？」

萊特歪了歪腦袋，他說：「不知道，但也不能說完全不知道。」

「什麼意思？」

「我並沒有明確被告知過這件事，可是我一直都覺得父母並不是這麼喜歡我。他們沒有對我不好，只是對我很疏離而已……以前我總是在想究竟是為什麼？是因為我討人厭？還是因為我長得跟父親母親並不像？」萊特輕嘆了口氣：「現在想想，也許是這個原因。」

萊特自己心裡也有過懷疑，所以在聽到這件事時，反應才異常平靜嗎？柯羅心想。

「你……以前在家很常自己一個人嗎？」

「大部分時間。」萊特插上了第二顆棉花糖，臉上看不太出情緒。「我父母會確保我有吃飽穿暖和好好念書，但其他時間並不會理我。大多數時候，我都是自己一個人跟自己玩，雖然也可以去鹿學長家閒晃，可是有時候還是會覺得好寂寞啊，尤其是爺爺走了之後。」

柯羅知道那種感覺，整個大宅邸空蕩蕩的，就只有自己一個人，即便是深夜時分，肚子裡的東西又不斷發出可怕的嘈雜，他卻依舊無人可以傾訴。

以前柯羅一直認為萊特是個嬌生慣養的名門子弟，根本不了解他的狀況，但現在看來，自己可能才是那個不了解狀況的臭屁孩。

柯羅本能地想做些什麼逗萊特高興，但萊特異常平靜的情緒又讓他一時不知道該如何是好。也許應該直接把帳篷裡的賽勒炸掉，他心想。

「那麼……那個昆廷呢？」柯羅又問。

「我對昆廷叔叔這個人不太有印象，他們很少讓我見他。」萊特聳肩。

「那他現在人呢？還在嗎？」

「我不確定。」

「你不確定？」

「除了爺爺之外，蕭伍德家的人都不喜歡提起他，我曾經問過父親，但他只說他離開了，沒有再跟家裡的人聯絡過。」萊特說。

「離開去哪裡呢？」

「我也問過，但他們從不讓我繼續問下去，或許他已經不在了……」

萊特看著被火焰燒得劈里啪啦作響的焦黑木柴，像忽然想到什麼似地，他抬起頭再次跟柯羅確認：「所以我爺爺告訴海爾叔叔，我的生父生母不是我現在的父親母親，而是昆廷叔叔和另一個不知名的女人？他有沒有說那個女人是誰？」

「沒有，他說關於這個女人，海爾知道的越少越好。」柯羅看著忽然坐正身體的萊特。「怎麼了？」

「柯羅，你知道我一直以來都很幸運，幸運到異於常人。」

柯羅點了點頭。沒有人可以像萊特這樣幸運。

「要是我並不是純粹的『幸運』呢？」

「萊特，你想說什麼？」

「還記得我們在地獄的時候嗎？其實在找到你之前，我遇見了一個女性的亡靈，她拉了我一把，一直喊我『小寶貝』……」萊特瞪大眼睛看著柯羅：「你說她有沒有可能是……」

「但地獄裡應該只有巫族的亡靈……」柯羅也瞪大眼睛看著萊特。

兩人相視久久不語，柯羅甚至難得在萊特臉上看到了徬徨不安的神情。

「我的母親有沒有可能是一名……」

萊特話還沒說完就被柯羅摀住了嘴，柯羅看了眼賽勒待的帳篷，又看向萊特。他搖搖頭，示意他別說太多。

這個話題已經要被導向一個很危險的結論了，他們兩個都非常清楚。

「但也有可能一切都只是誤會。」

兩人一陣沉默，直到柯羅放下手。

「萊特你……會想要找出真相嗎？」

「我不知道，如果真相跟我猜測的一樣，那可能會改變很多事情。」

會改變太多事情了，而且可能都不是什麼好事，柯羅心想。

「沒關係，如果你不想找出真相，我會幫你保守祕密。」柯羅向萊特保證：「如果賽勒想說出去，我也會想辦法讓他閉嘴。」

看著一臉認真的柯羅，萊特又問：「如果我想找出真相呢？你會陪我一起去找嗎？」

柯羅再次點了點頭，毫無遲疑：「嗯，我會陪著你。」

「柯羅最好了。」萊特因為柯羅這句話而笑了起來。

柯羅盯著對方的微笑，心裡一直存在的、那股悶悶的感覺終於散開了。

「但是如果要找的話，我們該從哪裡找起？我真的很不想拜託那個傢伙啊……」萊特看著帳篷，難得也有他覺得棘手的男巫。

「從教廷下手呢？我知道他們在白懷塔藏了祕密。」

「要去教廷祕密大調查嗎？太好了，你可以假扮成男教士我可以假扮成女教士……」

「我們就不能正大光明走進去嗎？你到底有什麼毛病……」

兩人話說到一半，一片漆黑的曠野間忽然響起一片羊蹄聲，在一陣「咩咩咩咩——」之後接著的，是嬰兒般的啜泣。

那種聲音不太自然，讓萊特和柯羅瞬間起了一身雞皮疙瘩。他們望向聲音的來源，那些聲音似乎是來自居民的農舍和羊舍。

但遠遠望去，明明時間還不到深夜，居民的住所竟然一點燈光也沒有，只留下那種古怪的嚎叫聲。

「那到底是什麼聲音？」

「在你探訪辛家的時候，我和賽勒也在他們的羊舍聽到了這個聲音……」柯羅話還沒說完，一個身影忽然從不遠處搖搖擺擺地向他們靠近。

那個身影十分高大，走起路來像一頭猩猩，手長腳短，整個人不停搖晃著，看上去一點也不像人類。

「是使魔嗎？」

「萊特！躲到我後面去！」

萊特和柯羅瞬間警戒起來，萊特下意識抓緊了他的武器袋，柯羅則是擋在萊特面前，而他腹部裡的東西也開始蠢蠢欲動……

CHAPTER 10

詛咒

「你聽過白鴉樹的故事嗎？」亞森問。

威廉點了點頭。兩人依然坐在長椅上，在樹蔭與日光的陰影交錯之下像普通朋友般閒聊著。

「貪心的烏鴉不停偷吃農夫的稻米，不聽上帝和老鷹的勸阻，最後和獅子一起吃了毒稻米而死。」威廉說。

「沒錯，不過這是教廷自己的版本，他們從來不說之前的故事。」亞森又說。

「之前的故事？」

「所有巫族都知道真正的版本，烏鴉們原本生活的地方被農夫侵占了；農夫趕走了烏鴉，擅自將烏鴉的巢穴變成農田，再也沒有地方可以棲息的烏鴉只好帶著牠的伙伴們以偷吃農夫的稻米維生……」

亞森看著天空，繼續說：「然而農夫卻把錯怪到了烏鴉身上，於是他和上帝告狀，而早就想除掉烏鴉的上帝才派出了老鷹與獅子要趕走烏鴉，最後甚至直接毒死了烏鴉和叛變的獅子。」

威廉沒有說話，他盯著亞森，少年的金髮在陽光下看起來很像在發光，跟天使一樣。

「為什麼提起這個故事？」

「因為我和我的家人就像故事裡的烏鴉一樣……」

威廉不解地看著亞森，直到少年繼續說著他的故事。

「我和我的家人都是巫族裡罕見的變形者，自古以來，變形者通常不混跡於都市，而是在鄉村荒野間建造自己的家園，偶爾化成動物型態在山林間生活。」亞森說：「我的族人就是如此，直到某天，附近開始有普通農民遷徙過來，搶走我們的地盤，築起他們自己的家園……」

就和白鴉樹的故事一樣。

「我們被視作一群可怕的巫族，如果我們有意見，他們就會找來教廷的人，甚至自己拿著獵槍追殺我們，想趕走我們。」亞森不帶感情地說著：「在這些威脅之下，我們不斷退讓，退到深山之中，用動物的模樣狼狽地過著原始的生活……但那些人卻不願意放過我們，他們會成群結隊帶著獵槍上山，打著獵巫的名號獵殺我們，再剝下我們的皮拿去販賣。」

「為什麼……不反抗？」聽著這個可怕的故事，威廉感到不可思議。

「變形者本來就提倡和平主義，我們的祖先認為只要我們默默地生活，就能和普通人類和平共處。」亞森的臉色越來越冷：「但他們卻從來沒想過，那些信仰上帝的傢伙在大女巫簽訂了《白鴉協約》之後會變得如此貪得無饜。」

亞森轉頭看向威廉，他說：「我們不是沒想過要反抗，但反抗的下場是什麼，你應該最清楚了不是嗎？」

面對亞森的質問，威廉好半天說不出話來。因為他確實很清楚，無論是什麼原因，只要流浪巫族傷害了一般的平民百姓，他們最後都會被送上異端審判庭。

在所有的鷹派及獅派教士面前，他們將懺悔、認罪，最後被一把火燒掉。

「我和我的母親是我們家族中所剩的倖存者，我們在森林中以動物的型態躲躲藏藏地生活了一陣子，最後仍然被那些侵占我們家園的人給發現了。」

亞森說著，情緒卻冷靜得像是在說別人的故事。

「他們設下陷阱捕捉我們，母親為了保護我，自己當誘餌被那些人抓走並獵殺；他們殘忍地用火焚燒獸型的她，並且剝下了她的皮……」

看見威廉面色一陣鐵青，亞森停下了敘述母親死亡的過程，他繼續說：

「我則是繼續在森林裡逃竄著，不知道該逃去哪裡，也不知道自己接下來能不能繼續存活。我沒有任何人可以求援，因為黑萊塔的名門男巫八成都不會對我伸出援手……而就在這時，我遇到了瑞文。」

提到瑞文，亞森的眼神終於亮了起來。

「把我救出那個地方的不是任何人，正是瑞文。」

亞森撥開衣領，露出肩膀上一道又長又深的傷口。

「在我求助無門、慌張失措地帶著傷口獨自一人在森林裡遊蕩時，是瑞文發現了我。他治好我，給予我食物和水，像家人一樣關心我，替我教訓那些獵殺我們的傢伙之後，又願意讓我跟著他四處旅行……瑞文對我有很大的恩情，他是一個這麼好的人。」

「這就是你願意跟隨瑞文的理由？」

「如果是你，你不會因此而追隨瑞文嗎？」

亞森的反問讓威廉一時又答不上話了。確實，如果今天被瑞文拯救的是自己，他難道不會拋棄一切跟隨瑞文嗎？

「瑞文對我的恩情，不是我在他身邊服侍他就能還清的。」亞森的神情像一隻對主人極為忠誠的獵犬：「所以如果瑞文有任何願望，我都會盡全力替他達成；如果他遇到任何危險，我也會盡全力保護他，因為他現在是我的家人了。」

聽完亞森的理由，威廉久久沒有回應。他不知道瑞文逃亡的這幾年間竟然曾經發生過這樣的事。在他的印象裡，瑞文就只是個發瘋了的可怕男巫，他不會幫助任何人，只會造成可怕的災難。

但瑞文的一切似乎跟他的想像有所出入。

「威廉，我已經回答了你的問題，還告訴你這麼多你不該知道的事情……」

「我明白，謝謝你願意告訴我這些事。」威廉說這些話時是真心誠意的。

亞森紅了臉，隨後他搖搖頭：「我不是希望你道謝，我只是希望你能多相信我一點，瑞文並沒有要傷害你的意思，他真的只是想找你幫忙，或是……讓你加入我們。」

「讓我加入你們？」

「你的能力很特別，你會是個很好的盟友，只要你對瑞文忠誠，瑞文也會對你不離不棄，這點我可以保證。」亞森按著胸口說。

威廉低下頭，喃喃自語著：「可是我是黑萊塔的男巫……」

「聽著，瑞文不會強迫你加入，所以如果你真的不想加入，我們也不會勉強你……但我希望你至少能再和瑞文談談，到時候如果你還是不願意幫助我們，你可以回到黑萊塔，繼續像沒事一樣過你以前的生活。」

亞森的話讓威廉回想起了自己先前在黑萊塔遇到的事，想著想著，他竟然忍不住笑了出來。

太可笑了，回去過從前的生活會比較好嗎？

「總之，拜託你再考慮看看好嗎？」亞森嘆了口氣，似乎是把威廉的笑聲當成了拒絕的意思。他站起身，拍拍褲子上的灰塵準備離開。「我會一直在這附近等，所以如果你……」

「瑞文替你做了什麼呢？」威廉忽然打斷了亞森的話，他的問題讓亞森停下了離開的動作。

「你說什麼？」亞森一時沒聽懂威廉的意思。

「我只是好奇而已，瑞文替你教訓了那些討人厭的傢伙對嗎？他怎麼教訓他們的？」

威廉看著亞森，他衷心地希望，在自己感到絕望時，能像亞森一樣，身邊也出現一個像瑞文一樣的人將他拉出來。

可惜那個人並不在他身邊，也不是他的。

亞森看著威廉，在明白威廉似乎沒有要趕他走的意思之後，他再次微笑，坐回了長椅上，並繼續說著先前的故事。

「瑞文對那些人下了一個惡毒的詛咒，讓那些人成為了他們最討厭的東西……」

在看到那個歪歪扭扭的高大傢伙靠過來時，柯羅本能地握緊了口袋裡的口紅。

讓我出來，柯羅，讓我出來——

柯羅肚子裡的傢伙吶喊著，但柯羅沒有理會。月光忽然變得明亮而刺眼，如同升起的太陽般，光線一路從他們背後往前延伸。

月光照亮了那個歪歪斜斜的「怪人」，柯羅和萊特這才發現朝他們走來的黑影根本不是人，而是一群蠍子的集合體。

「那是……什麼東西？」柯羅和萊特愣在原地，因為眼前的東西看起來並不像使魔。

一個由蠍子聚集而成的人體就這麼呆呆地站在他們面前，偶爾還有幾隻笨蠍子不合群地從「它」身上掉落。「它」手裡拿著一件白色的毛毯或地毯之類的東西，不停伸手要遞給他們。

柯羅和萊特困惑地互看了一眼，兩人頭上滿是問號，直到某人悠悠哉哉地走出了帳篷。

「你們偷到東西了？」賽勒一臉稱讚地走向那團人形般的蠍子們，不顧柯羅和萊特困惑的神情，向那東西伸出手來。

蠍子們將手上的東西交給賽勒後便散了開來，賽勒則是點點頭，「做得好，這是給你們的獎勵。」他微笑著從口袋裡掏出兩隻紫色的狼蛛，丟給蠍子們。

蠍子們很快地簇擁著狼蛛離開，似乎是想等回到巢穴後再將之分食。

「到底發生了什麼事？你讓你的信使去偷了什麼？」柯羅問。

「我讓他們去偷了這個。」賽勒向萊特和柯羅展示他手上的東西，一件看起來像是皮草的物品。

萊特接過了賽勒手上的東西，那真的是一張皮毛，邊緣有燒焦的痕跡。萊特撫過皮毛，皮毛的毛髮是柔軟的白金色，但有幾處摸起來卻異常光滑，如同人類的肌膚一般。

「你說這是偷來的？」萊特問。

「對，從今天早上的那戶人家裡偷來的。」賽勒點點頭。

「為什麼要偷東西？你這傢伙有什麼毛病啊？」柯羅不解，直到他也摸上了那張皮毛。

柯羅臉色一沉，忽然將萊特手上的皮毛抓起，粗魯地丟還給賽勒。

賽勒微笑著，回答柯羅剛剛的問題：「因為這不是普通的動物皮毛——而是女巫變形者的皮毛。」

萊特開著小金龜車，在夜色中奔馳在路燈都沒有的小路上。

當茱莉亞告訴他，居民犯下的罪孽是扒了女巫的皮毛時，他還以為對方只是在講很久遠之前的事情——比如說在阿瑪麗麗絲那個連蒸汽火車都還沒發明的年代。

「你的意思是，你認為他們直到近年來都還有獵巫的惡習存在？」萊特看向後視鏡，盯著坐在後座的賽勒問道。

「是的，在偷窺到他們家有這麼多皮毛時我就覺得奇怪了，如果是更久之前發生的事，他們不應該有這麼多變形者的皮毛。」賽勒說：「因為在禁止非法獵殺女巫後，變形者的皮毛就變得非常珍貴，大部分能在黑市裡流通販賣的也差不多都被我們處理掉了。」

「被你們處理掉了？」萊特不懂賽勒的意思。

「這畢竟是我們的同伴，巫魔會有時候會接受成員的資金，從黑市買下這些皮毛，然後找地方安葬他們。」賽勒聳肩。

萊特和柯羅不知道該做何反應，因為他們從沒想過巫魔會和流浪男巫會為了同伴做這種事。

「當然啦，也可能有少數皮毛被一些變態的教廷高層或錢人買走了；但無論如何，變形者的皮毛現在應該是相當稀少的物品，窮人家裡是不會有的，可是那傢伙房子裡卻有這麼多變形者的皮毛……」

賽勒高談闊論著，彷彿這個案件是由他主辦一樣。

「所以依我推論，這些傢伙可能在這些年又抓到了一批變形者女巫，然後進行了非法獵殺和剝皮，也許是畏懼教廷發現，或中間發生了什麼事，他們最後沒能把這批珍貴的皮毛賣出去。」

看著趾高氣昂的賽勒，萊特和柯羅什麼也沒說，因為賽勒的推論不無道理。本來羊皮莊的居民就有獵巫的傳統，雖然教廷輔導過很多次，但私下進行的獵殺卻不見得能被揭露。加上根據賽勒的說法，變形者似乎也偏好居住在這種偏僻的曠野間。

種種跡象確實符合賽勒的推論。

「這可憐的女巫皮毛似乎是被活活燒死後才被剝下來的，看到上面這些光滑的地方了嗎？她是以獸型的姿態被燒死，在痛苦中掙扎，並且在變回人形前就死亡。」賽勒撫摸著手上的皮毛繼續說著。

萊特臉色鐵青，這下他終於知道為何皮毛會是這麼特別的觸感了。

「不過……」

話說到一半，賽勒忽然按下車窗，就連副駕駛座上的柯羅也在同時按下了車窗。

「這皮毛上面散發著一種古怪的臭味。」

「跟我們剛進羊皮莊時聞到的味道一樣。」

「你們也有聞到？」萊特看了眼柯羅和賽勒。

賽勒挑起眉頭，他看著駕駛座上的萊特，問道：「你知道這味道聞起來像什麼嗎？」

「腐屍？不對……醃鯡魚？也不是……」沒有一種味道能具體形容這種臭味。

「不，都不是。」柯羅說：「這味道聞起來像惡毒的巫術。」

話音剛落，剛剛他們聽到的那些羊叫聲忽然又在羊皮莊內迴盪著，先是咩咩咩咩的羊叫聲，而後是嬰兒般的哭啼聲，而且越來越大。

「我要關掉車燈了。」萊特說。

萊特關掉車燈，柯羅則試著讓月光照亮他們前方的道路。

發現辛家放置了那麼多張女巫皮毛，加上原本安靜無聲的小村莊竟然詭異地在夜晚出現這麼多不自然的羊叫聲，種種古怪的跡象讓萊特他們決定回到辛家繼續先前的調查。

只是為了避免再次發生早上的衝突，他們的調查必須偷偷摸摸進行。

「我說真的，只要出動我的蠍子，進去把所有人都螫一下，我們就可以正大光明地走進去了。」賽勒再度提議。

「你閉嘴！這是我們的任務又不是你的，我們願意讓你跟著已經不錯了，不准插手！」柯羅嘖了賽勒幾聲。

賽勒一臉又在嫌柯羅很無趣地嘖了回去。

「拜託答應我，下車之後大家都必須乖乖跟在我身後。」萊特說道，但沒人應話。他將車停在路邊，仔細觀察著周遭。

「真的太奇怪了。」柯羅說。

整個羊皮莊一片漆黑，竟然沒有半戶人家亮著燈，而且是半盞燈都沒有。現在時間還不到深夜，頂多是晚餐時間，但除了詭異的羊叫聲外，沒有半點人聲。

「聞聞看，那股臭味在晚上更濃了。」賽勒說。

「你們說今天聽到的聲音是從羊舍傳來的對嗎？」萊特問。

「對，就是那個羊舍。」柯羅指著山坡上毫無燈光的羊舍。

「好，大家跟緊……」萊特話還沒說完，男巫們已經全都下了車，他只好匆匆忙忙帶上他的武器袋，跟在兩人身後。

三人在夜色中小心翼翼地前進著，原本寧靜的小村莊此時此刻充斥著羊群的啼叫，那個聲音不斷重複著，就像跳針的留聲機一般，綿長而且詭異。

由柯羅和他控制的光線領頭，萊特他們沒花太多力氣就一路來到了羊舍旁。

「那些羊叫聲也太淒厲了，就像有人在屠宰牠們一樣。」賽勒說道。

「噓……你們聽。」柯羅要所有人噤聲，他們在羊舍外聽著裡頭的動靜。

除了淒厲的羊叫聲之外，似乎還有人在裡面不停地嘟噥著什麼的聲音。萊特他們聽不清楚對方究竟說了什麼，只知道對方是個男人，而且似乎不斷在對誰怒吼著「閉嘴……閉嘴……」。

「現在該怎麼辦呢？由我先進去探探狀況如何？」賽勒問道，一臉躍躍欲試的模樣。

「拜託你待在外面等就好，不然我會不知道結案報告要怎麼寫。」萊特提醒對方。

「你們真的很無聊。」賽勒又翻了好幾個白眼。

萊特沒管對方，他看向柯羅。柯羅不斷探聽著裡面的狀況，似乎也打算率先進入羊舍查探狀況。

萊特伸手按住柯羅的肩膀，用眼神示意對方不要衝動。

「如果在裡面的是使魔之類的，這種情況你先進去只會更危險，教士。」被禁止進入的賽勒在旁邊說著風涼話。「你只是一般人的話，用你的武器可對付不了使魔。」賽勒刻意強調著「一般人」這三個字。

沒有理會賽勒，萊特一臉擔心地看著柯羅。

柯羅就像看透了萊特在想什麼，像小雞啄米一樣輕拍一下對方的手，並低聲說道：「別擔心，不管對方是什麼東西，我會先用影子箝制住對方。」

柯羅的意思是他沒有召喚出蝕的打算，至少在他們知道他們面對的是什麼東西之前，盡量不要。

「如果只是今天早上那個瘋農夫，我會先用影子把他纏住，再由你上去抓人。」柯羅說。

「好，記得盡量不要傷到對方。」

「我知道。」

「但如果是使魔的話……」萊特又說：「至少盡量待在我身邊，我很煩人，也許這次那傢伙也會被我煩到很快爬回你肚子裡去。」

柯羅看著萊特，對著他點點頭。

「你們兩個真的讓我感到很噁……」

賽勒話還沒說完，柯羅和萊特已經一前一後進入了羊舍。

「接下來會很刺眼。」黑暗中，柯羅對著萊特說：「我數到三後閉上眼睛兩秒。」

萊特點點頭，柯羅則是開始倒數。

「一、二、三——」

萊特瞬間閉上雙眼，他看不見發生什麼事，只知道羊舍內忽然閃現一陣強光，羊群又開始發出淒厲的叫聲。

當萊特再度張開眼睛時，他在強光之中只看見了柯羅的背影。羊舍內所有的東西看起來就像過度曝光的照片，下午拿著獵槍趕走他們的農夫大衛就站在羊舍之中，呆呆地瞪著不知從何處發散出來的強光，彷彿盯著上帝的神蹟一般。

還好只是農夫，萊特心想。當他正準備在柯羅用影子箝制對方後，拿起武器將對方制伏時，卻注意到柯羅也愣愣地站在原地，盯著農夫身旁的羊群看。

萊特看向羊群，被強烈白光照射得一片慘白的羊群們正呈現出相當古怪的姿態。一大群羊害怕地擠在角落，似乎能距離農夫多遠就多遠。

農夫的腳邊則是有隻巨大卻瘦弱的羊隻。那隻羊的模樣看起來很怪，和一般的綿羊不一樣，牠長著螺旋般的黑色羊角，四肢又長又瘦，不像羊，更像人類。牠的身上沒有羊毛，而一層蒼白而鬆垮的皮膚。

那隻羊唯一像羊的地方只有頭部而已，牠就像一個戴著羊頭的人類，而且還是一顆長著銳利狼牙的羊頭。

萊特和柯羅看著滿地的血跡，那隻古怪的羊嘴裡正嘶咬著一隻斷了氣的綿羊，並且不斷在發出「咩咩咩咩」的聲音後，又發出了嬰兒般的哭泣聲。

「閉嘴……湯姆……閉嘴！」農夫大衛的嘴裡不斷碎念著。

萊特和柯羅互看一眼，這下他們知道失蹤的湯姆在哪裡了，原來他從來沒離開過自己的家。

賽勒百般無聊地在羊舍外看著星空，天上的星星在月光全被柯羅偷走後顯得特別明亮。他哼了聲，嘴角勾了起來，但下一秒，鼻間忽然傳來的臭味卻讓他皺起了眉頭。

「湯姆？」女人的聲音傳了過來。

賽勒轉過頭去，站在他背後的是那個委託案件的女人——茱莉亞。茱利亞的模樣看上去和下午有些不同，她的頭部浮腫，嘴形又尖又凸，看起來就像……一隻羊？

女人的雙眼在暗夜中像野生動物般閃爍著詭異的光芒。

賽勒挑眉，因為那股聞起來和那張偷來的皮毛一樣強烈的惡臭味就是從她身上傳來的。

「湯、姆咩咩咩咩——」女人發出了羊叫聲，然後是嬰兒般的哭泣聲。

賽勒因為女人的滑稽姿態而噗哧地笑了出來。

然而，就像是回應女人的叫聲一般，此時整座羊皮莊都響起了一樣的叫聲。

賽勒放眼望去，暗夜裡，原本空蕩蕩的羊圈和山坡上竟然多出了好幾雙明亮的眼睛。

事情終於稍微有趣起來了。

手指輕輕撫摸著自己的腹部，裡頭的東西已經在躁動了。賽勒不在意地吹了聲口哨：「到底是誰下了這麼惡毒的巫術呢？」

瑞文吹著口哨，坐在某間無人的酒吧裡滑著手機，稍微瀏覽了一下有關於約書．克拉瑪在占卜巷進行獵巫行為的新聞。

那些新聞繪聲繪影，彷彿記者本人就在現場一樣，鉅細靡遺地描寫約書．克拉瑪是如何英勇卻殘忍地進行了這項獵巫工作。

「英勇卻又殘忍的？你認為用這樣形容詞是適當的嗎？」瑞文看向身旁的朱諾。

在開著暖氣的酒吧裡，朱諾身上依然裹著厚厚的毛皮大衣，他一臉疲憊地坐在瑞文身邊，一口灌下桌上的烈酒。

「我不在乎那個，我只在乎你什麼時候要幫我處理黑萊塔那些臭傢伙。」朱諾抹著沾上酒液卻毫無血色的嘴唇。他臉色慘白，雙頰削瘦，眼睛下有著大大的黑眼圈。

不過這已經是他狀態比較好的時候了。

「這件事不能急，別忘了你的一部分現在在他們手上。」瑞文放下手機，心情還是很不錯的。他歪了歪腦袋，又說：「雖然我不知道是什麼原因讓他們暫時停止了對你的折磨……」

「他們對我的折磨才沒停過！」朱諾神經質地撓著臉。這兩天他耳邊不斷地出現尖銳物品搔刮玻璃的聲音，讓他完全無法安眠休養，那個聲音幾乎快把他逼瘋了。

好不容易等那個聲音停下來，朱諾迎來的卻是無止境的寒冷，無論他怎麼取暖都沒用。

「我懷疑他們有人把我關進了冰箱。」朱諾抱緊自己。

「我不是跟你說過別玩得太過分了？」

「閉嘴，瑞文！我現在不想聽你訓話！」

瑞文咯咯地笑了起來，一邊喝著他的雞尾酒。

「你現在只需要告訴我，你那邊到底進行得怎樣了？那個傢伙會幫我們嗎？」看著一臉愜意的瑞文，朱諾不爽地問道。

瑞文對著朱諾笑咧了一口白牙，很有自信地朝他眨眼：「我認為他會的。」

「你為什麼這麼自信？再怎麼說，對方都是黑萊塔的男巫。」朱諾不解。

「放心，我們家亞森很厲害的，他就像隻很會拐人的小狗狗……」瑞文話說到一半，有人推門而入。

瑞文和朱諾轉過頭，進門的是難得維持人形、穿著西裝的亞森；而他身後則是跟著身披斗篷、一臉防備卻又怯生生的男巫。

「看吧。」瑞文微笑，對著身邊的朱諾說。

朱諾不說話，他看著瑞文起身迎接他們的小嬌客，黑色斗篷也沒能藏住他那頭漂亮的粉紅色長髮。

瑞文向對方展開雙臂。

「歡迎你，威廉。」

——《夜鴉事典10》完

高寶書版集團
gobooks.com.tw

輕世代 FW349

夜鴉事典 10 —苦夜長鳴—

作　　者　碰碰俺爺
繪　　者　woonak
編　　輯　任芸慧
校　　對　林雨欣
美術編輯　彭裕芳
排　　版　彭立瑋

發 行 人　朱凱蕾
出　　版　英屬維京群島商高寶國際有限公司臺灣分公司
　　　　　Global Group Holdings, Ltd.
地　　址　臺北市內湖區洲子街 88 號 3 樓
網　　址　www.gobooks.com.tw
電　　話　(02) 27992788
電　　郵　readers@gobooks.com.tw（讀者服務部）
　　　　　pr@gobooks.com.tw（公關諮詢部）
傳　　真　出版部　(02) 27990909　行銷部 (02) 27993088
郵政劃撥　50404557
戶　　名　三日月書版股份有限公司
發　　行　三日月書版股份有限公司 /Printed in Taiwan
初版日期　2021 年 2 月
二刷日期　2021 年 3 月

國家圖書館出版品預行編目 (CIP) 資料

夜鴉事典 / 碰碰俺爺著 .-- 初版 . -- 臺北市 : 高寶國際 , 2021.02-
冊；　公分 . --

ISBN 978-986-361-957-4(第 10 冊 : 平裝)

863.57　　109008978

三日月書版

三日月書版

GOBOOKS
& SITAK
GROUP©

GOBOOKS
& SITAK
GROUP©